다시,
보통날

다시, 보통날

초판 1쇄 인쇄 2019년 3월 25일
초판 1쇄 발행 2019년 4월 1일

지은이 조성준

책임편집 문수정
디자인 Aleph Design

펴낸이 최현준·김소영
펴낸곳 빌리버튼
출판등록 제 2016-000166호
주소 서울시 마포구 양화로 15안길 3 201호(윤현빌딩)
전화 02-338-9271 | **팩스** 02-338-9272
메일 contents@billybutton.co.kr

ISBN 979-11-88545-51-3 03810
ⓒ 조성준, 2019, Printed in Korea

이 도서의 국립중앙도서관 출판예정도서목록(CIP)은 서지정보유통지원시스템 홈페이지(http://seoji.nl.go.kr)와
국가자료공동목록시스템(http://www.nl.go.kr/kolisnet)에서 이용하실 수 있습니다.(CIP제어번호:CIP2019009370)

다시, 보통날

조성준
지음

빌리버튼 billybutton

이 보통날이 계속되기를
바라는 마음으로

2011년 5월 1일 암벽 등반 도중 추락 사고를 겪었습니다. 어느덧 사고가 난 지도 8년째에 접어듭니다. 당시엔 모든 것이 바닥으로 떨어져 산산이 부서졌다고 생각했는데, 시간이 지나 돌아보니 잃은 것만큼 얻은 것도 많았습니다.

추락 사고로 부서진 것은 몸뿐만이 아니었

습니다. 그동안 쌓아 왔던 모든 것들이 무너졌습니다. 원망도 후회도 많이 했습니다. 꽤 오랜 시간이 지난 지금은 담담하게 이야기할 수 있을 정도로 몸도 마음도 건강해졌지만, 가끔 이런저런 생각들로 밤잠을 이루지 못합니다.

평범한 삶이 지긋지긋해서 시작했던 암벽 등반. 꼭대기에는 무언가 특별한 것이 있을 거라고 생각하며 악착같이 오르고 또 올랐지만, 평범한 삶 그 아래로 떨어졌습니다. 병원에 누워 있는 동안 많은 생각을 했습니다. 내게 왜 이런 일이 일어났는지, 앞으로 나는 어떻게 살아야 할지 같은 막연한 질문과 답이 반복되었습니다.

어느 정도 평범한 일상을 되찾은 지금, 항상 감사한 마음을 가지고 살아가려고 노력합니다. 제가 노력이라고 말씀 드리는 것은 자주 평범한 일상에 권태를 느끼고 조금 더 특별한 삶을 기대하는 마음이 자꾸 고개를 쳐들기 때문입니다. 그럴 때면 저는 제가 썼던 글을 다시 한 번 읽어봅니다. 그럴 때마다 낯설 정도로 지금의 저는 그때의 저와 많이 달라졌습니다. 당시의 생각과 느낌이 완전히 휘발되기 전에 글로 옮겨놓길 잘했다는 생각이 듭니다.

누군가를 위해 썼던 글은 아닙니다. 스스로를 납득시키고 달래기 위해 썼던 것이 누군가에게 전해져 읽힌다는 것이 부끄럽지만 감사합니다. 불완전하고 변덕스러운 저의 생각과 느낌이 당신에게 공감, 위로 같은 그 어떤 무엇이라도 되었으면 좋겠습니다.

이제 글을 마무리해야 할 것 같습니다. 글을 다 쓰면 운동을 할지 맥주를 마실지 고민이었는데, 아무래도 운동도 하고 맥주도 마셔야겠습니다. 이 책을 펼쳐 든 당신에게도 이런 사소한 고민과 소소한 행복이 가득한 보통날이 언제까지고 계속되었으면 좋겠습니다.

## PART 1

오늘을 위해
살지 않았던 날들

낯선 풍경

눈을 떴다.

엄마가 보인다. 아빠도 보인다. 동생도 보인다.

모두 시뻘겋게 충혈된 눈으로 나를 내려다보고 있다.

불현듯 시선을 몸 쪽으로 떨어뜨렸다.

배가 열려 있다. 이상한 쇠꼬챙이가 여기저기 꽂혀 있다.

다리에 감각이 없다. 눈물이 나려고 한다.

분명 나는 암벽 등반을 하고 있었다.

목표 지점까지 얼마 남지 않았고, 별 무리 없이 오르고 있었다.

그런데 왜 내가 지금 여기에 이러고 있는 거지?

# #
추
락

내게 왜 이런 일이 일어났는지는 아직까지 미스터리다.

사고자는 나를 포함한 두 명. 나는 살았지만 다른 한 명은 그렇지 못했다. 사고 당사자이면서 현장에 가장 가까이 있었던 나는, 아쉽게도 그날의 기억이 명확하지 않다. 아주 어렴풋이, 띄엄띄엄 기억나는 부분이 있긴 하지만 사고의 원인을 규명하기엔 너무도 단편적인 조각들일 뿐이다.

2011년 5월 1일, 사고를 당한 날. 날이 흐렸다. 그 전날에는 비가 많이 왔다. 등반을 포기해야 할 정도로 밤새 많은 비가 내렸지만, 아침이 되자 언제 그랬냐는 듯 갑자기 뚝 그쳤다. 그래서 계획대로 산행을 감행했다.

사실 산행을 취소하고 싶었다. 비가 그치긴 했지만 축축이 젖은 산을 오른다는 것이 꺼림칙하게 느껴졌다. 하지만 그날의 산행은 많은 선배들과 함께 오랫동안 준비해왔던 것이기에, 내 마음대로 취소할 수가 없었다.

나는 대학 산악부의 대장이었다. 말이 좋아 대장이지 그냥 감투였다. 말 잘 듣고 부려먹기 좋게 생긴 적당한 녀석 하나를 골라서 씌워주는 감투 같은 것 말이다. 나는 그날의 산행도 군소리 없이 참여했다. 그런 의미에서는 그야말로 대장감이었다.

나는 왜 암벽 등반을 시작했을까. 나는 특별히 산을 좋아하거나 암벽 등반에 관심이 있던 것도 아니었다.

내가 암벽 등반을 하게 된 것은 강의실에 붙은 포스터 한 장 때문이었다. 멋진 포즈로 바위를 오르는 남자의 모습을 보고, 왠지 저렇게 되고 싶다는 생각이 들었다. 지금 와서 생각해 보면, 스스로를 증명하고 타인에게 주목 받고 싶어서 시작한 것이 아니었을까?

생각할수록 분명해진다. 나는 아무 일도 일어나지 않는 보통의 삶이 지긋지긋했다. 평범한 인생을 살다가 생을 마감하느니, 잠깐 살다 죽더라도 특별한 인생을 살고 싶었다.

그런 생각이 극단적으로 표현된 것이 암벽 등반이었다. 겉으로 뚜렷이 드러나는 게 없는 희뿌연 삶 속에서, 모든 것이 확연히 드러난 산을 오르며 미온적인 삶의 풍경을 바꾸고 싶었던 것이다.

그렇게 대장이라는 타이틀을 달고 가장 높은 곳을 향해 오르고 올랐다. 한 번 떨어지면 다시는 기회가 없을지도 모른다는 생각으로 악착같이 올랐다. 열정이라기보다는 강박에 가까운 어떤 것이었다.

결과적으로 나는 그 여정에서 탈락했다. 암벽을 오르는데 바위가 무너져버렸다. 단 한 번의 추락 사고로 나는 거의 모든 것을 잃었다. 기적적으로 목숨은 건졌지만, 내가 할 수 있는 것은 아무것도 없었다. 원망스러웠다. 어디를 향해야 하는지도 모를 분노와 증오가 가득했다.

'도대체 왜?'라는 물음이 머릿속에서 떠나질 않았다.

# #
왜

'왜?'라는 물음으로 하루를 시작해서 하루가 끝난다.

'도대체 왜?'

'하필이면 왜 이런 일이 나에게 일어난 거지?'

'왜 하고많은 사람 중에 나야?'

'아니 도대체 왜?'

답도 없는 물음들이 꼬리를 물었다. 사고의 원인을 규명하기 위한 '왜'가 아닌, 현실을 부정하고 원망의 대상을 찾기 위한 '왜'. 똑같은 물음을 되뇌며 보내는 하루는 길기만 했다. '왜'로 시작해서 '왜'로 이어지는 끝없는 물음들이 나를 더욱 절망스런 상황으로 몰아넣었다.

세상에는 이해할 수 없는 일들이 많다고 생각했다. 하지만 그런 일이 나에게 일어날 줄은 꿈에도 몰랐다. 아무리 이해하려 노력해봐도 도저히 이해가 되지 않았다.

한발 떨어진 위치에서 냉정한 시선으로 내 문제를 바라보는 일은 애초에 불가능했는지도 모른다. 나는 언제나 눈앞에 놓인 문제 주변만 맴돌았다.

그렇게 시간은 맥없이 흘러만 갔다.

# #
만약

온종일 멍하니 누워 천장만 바라보고 있자니 수많은 생각이
머릿속을 스쳤다.

'그 길 말고 다른 길로 올랐더라면 어땠을까.'
'등반하는 순서가 달랐다면 어땠을까.'
'그래서 내가 첫 번째가 아닌 서너 번째였다면 어땠을까.'
'산을 오르지 못할 정도로 비가 왔다면 어땠을까.'
'한 시간만 늦게 출발했더라면.'

'차라리 늦잠을 잤더라면.'

'일주일 전에 있던 축구 경기에서 발목이 삐었더라면.'

'강의실에 붙어 있던 그 포스터를 처음부터 보지 못했더라면
어땠을까.'

인생의 모든 순간들이 마치 그날의 사고를 향해 무섭게 달려
온 것만 같았다. 누군가 철저하게 계획하기라도 한 것처럼,
한 치의 오차도 없이 딱 그 시점을 향해서 말이다.

그 수많은 점들 중 단 하나만이라도 어긋나게 찍혔더라면 어
땠을까. 그러면 결과가 조금은 달라지지 않았을까. 이런 생각
들이 끊임없이 나를 괴롭혔다.

흩어져버린 위로

"그래도 살아서 다행이야."

사람들이 무심코 던지는 그 말이 그렇게 싫을 수가 없었다.

이렇게 간신히 살아 있는데 도대체 뭐가 다행이란 말인지.

어색한 침묵을 깨기 위해서 무슨 말이라도 해야 했겠지만,

그런 무의미한 말은 차라리 하지 않는 편이 나았다.

"다 잘 될 거야", "힘내" 따위의 으레 하는 병문안용 멘트를

날리는 사람들도 더러 있었지만, 어쩐지 그럴수록 잘 될 것

같지 않고 힘도 나지 않았다. 물론 그것들이 그때의 내 상황에 맞는 인사말이기는 했다. 내가 실의에 빠진 누군가를 찾았더라도, 아마 그 비슷한 말들로 위로하려 했을 것이다.

진심에서 우러나온 말일지라도 듣는 사람의 감정 상태에 따라, 말하는 순간 공중에서 흩어져버리는 공허한 말이 되기도 하고, 심지어는 안 하느니만 못한 말이 되기도 한다.

당시 나의 마음에는 위로의 말을 곧이곧대로 받아들일 만한 공간이 없었다. 나의 마음은 종이 한 장보다 좁았고, 어쩌면 그것을 반으로 접은 것보다 더 좁았을지도 모른다.

귀를 통해 들어온 이야기는 내 안에서 한 번 더 꼬이고 뒤틀려 재해석됐다. 나의 삐딱한 생각과 태도를 형성하는 데는, 지금 내가 처한 상황을 충분히 공감한다는 듯한 표정과 말투도 한몫했다. 앞에서는 자못 엄숙한 표정을 짓고 최대한 조심스럽게 입을 떼고 있지만, 병실 문을 나서는 순간 친구에게 전화를 걸어 저녁 약속을 잡고, 나의 불행한 처지를 안줏거리 삼아 즐거운 시간을 보낼 것이라는 생각이 들었기 때문이다.

가볍게 씹히기엔 내가 겪고 있는 고통의 무게는 결코 가벼운 것이 아니었으므로, 남의 입에 오르내리는 일을 생각하는 것만으로도 참기 힘들었다. 내가 없는 자리에서 그들이 나에 대해 어떤 이야기를 할지는 알 수 없지만, 알 수 없기에 더 괴로울 수밖에 없었다.

그런 마음이 쌓여 언젠가부터 나를 찾아오는 사람들의 면회를 거부해버렸다.

미운 스물넷

사람이 아프면 시야가 굉장히 좁아진다.

세상의 중심이 나 자신이 된다. 오로지 자신만 보이고 주변은 보이지 않는다. 애써 외면해서 안 보는 게 아니라 보지 못한다.

　'세상에서 내가 가장 아프다.'

　'세상에서 내가 가장 불쌍하다.'

　'세상에서 내가 가장 불행하다.'

부정적인 생각은 꼬리에 꼬리를 물고 이어진다. 게다가 이 꼬리는 도무지 잡힐 기미가 보이지 않는다. 비극도 이런 비극이 없다.

다 큰 어른도 이런 식으로 어린아이가 되어간다. 상식적으로 이해할 수 없는 말을 내뱉고 해서는 안 될 행동을 한다. 그래선 안 된다는 것을 머리로는 잘 알면서도 말과 행동은 따라주지 않는다.

스물넷의 다 큰 어른이 미운 네 살 아이처럼 굴었다. 자제력을 잃고 생각나는 대로 내뱉고 행동했다. 원래 고상한 사람은 아니었지만, 이 정도로 바닥을 드러낼 거라고는 생각하지 못했다.

당시의 나는 극도로 예민한 상태였다. 희미한 불빛, 작은 소리 하나에도 민감하게 반응해서 늘 침대 주위에 커튼을 치고 지냈다. 분명 여러 사람과 함께 병실을 쓰고 있었지만 철저하게 고립된 채였다. 하지만 공간을 분리한다고 해서 소리와 냄새까지 차단할 수는 없었다. 옆자리 환자의 기침 소리, 뒤척이는 소리, 병실 냄새와 뒤섞인 음식 냄새 같은 것들이 계속해서 나를 괴롭혔다. 그럴 때마다 내뱉었던 나의 투덜거림을 반찬 삼아 하는 식사는, 분명 다른 환자들에게도 고역이었을 것이다. 그렇게 서로에게 득이 될 것 하나 없는 공동생활의 끝은 기약이 없었다. 짜증, 불만, 투정의 지루하고 끝없는 반복이었다.

#
혼
잣
말

'차라리 죽는 게 낫겠다.'

내가 얼마나 다쳤는지 실감하게 됐을 때 들었던 생각이다.
처음에는 잘 몰랐다. 많이 다쳤다는 것은 알았지만 정확히
어느 정도인지 체감하지 못했다.
내가 추락한 높이는 30미터였다. 30미터면 아파트 12층 정
도 되는 높이다. 엉덩이부터 지면에 닿았는지 골반이 완전히
바스러졌다. 몸통을 감싸고 있는 뼈도, 장기도 완전히 곤죽이

되었다. 뼈들은 각각 따로 놀았고, 그 뼈들에 둘러싸여 있던 장기는 출혈이 멎지 않았다. 때문에 배가 풍선처럼 부풀어 올랐다. 손대면 '뺑' 하고 터질 것 같이 팽창을 거듭했다. 피를 멈추게 하려고 명치부터 단전까지 큼직하게 배를 쭉 찢었다. 배 안에 거즈를 쑤셔넣고 피가 멈출 때까지 기다렸다. 그러나 끝내 출혈이 잡히지 않았던 비장은 아예 떼어내버렸다. 수혈에 쓰인 혈액만 100팩에 가까웠다. 원래 내 몸속에 있던 혈액은 전부 빠져나가고, 남의 것으로 전부 갈아치워졌다.

아팠다. 진통제도 무통 주사도 그 이름이 무색할 만큼 고통은 멈추지 않았다.

'차라리 죽는 게 낫겠다.'

용케 입밖으로 내지는 않았지만 매일 혼자서 되뇌었다.

# #
갈증

차라리 죽는 것이 나을 것 같다고 생각할 만큼 나를 괴롭혔던 통증은 시간이 흐를수록 잦아들었다. 하지만 또 다른 고통이 나를 기다리고 있었다. 바로 목마름이었다.

인체의 70퍼센트가 물이라던가. 80퍼센트던가. 인간의 몸에서 꽤나 많은 비중을 차지하는 물. '밥은 며칠 정도 못 먹어도 큰 문제 없지만 물은 3일만 못 먹으면 죽는다는데…. 이러다 정말 죽는 거 아니야?' 하는 생각이 들 정도로 오랜 시간 물을 먹지 못했다. 링거 바늘로 수분이 공급된다고는 하지만,

그래도 혈관보다는 입으로 들어가는 편이 나을 듯싶었다. 뱃속을 그렇게 헤집어놨으니 밥은 물론 물도 마실 수 없는 게 당연했지만, 타들어 가는 혀끝에 물 한 방울이 간절했다.

사고 후 몇 주쯤이나 지났을까, 드디어 물을 먹을 기회가 생겼다. 상태가 좋아지고 있으니 한번 시도를 해보자는 것이었다. '목을 축일 정도의 아주 약간'이라는 조건이 붙기는 했지만 말이다.

눈앞에 물이 담긴 컵이 보였고, 나는 이성을 잃었다. 물 한 컵을 그대로 쭉 들이켰다. 사고 후 처음으로 살아 있다는 느낌이 들었다. 타는 듯한 목마름이 시원하게 가셨다. 부글부글 끓던 몸 속의 열이 급속도로 가라앉는 느낌이었다. 하지만 행복은 잠깐이었다. 어느 정도 각오했던 일이지만, 생각했던 것보다 상태가 더 안 좋아졌다. 가슴에 꽂힌 흉관으로 핏물이 줄줄 새어 나왔다. 그렇게 오랫동안 참아왔는데, 그동안의

인내가 물거품이 되어버리는 순간이었다.

그날 이후 나에게는 물 묻힌 거즈조차 허락되지 않았다. 조금만 참을 걸 후회도 해봤지만 이미 때는 늦은 후였다.

\#
감당하기 어려운 무게

무거웠다.

나한테 지워진 삶의 무게 같은 그런 거창한 개념이 아니라 지금 덮고 있는 이불 한 장이 무거웠다. 마치 이불에 깔린 듯했다. 이불은 그대로 나를 삼켜버릴 것 같았다. 몸을 가누는 것은 물론이고 숨쉬기조차 힘들었다. 이불을 걷어차버리고 싶었지만, 이제는 그럴만한 힘도 남아 있지 않았다. 내가 할 수 있는 일이라곤 이불을 좀 치워달라고 부탁하는 것뿐이었다.

그래도 예전에는 몸무게만큼의 무게도 들어올리던 때가 있었다. 꽤 무거운 무게로 벤치 프레스도 하고, 턱걸이도 스무 개 정도는 거뜬했다. 턱끝까지 숨이 차도 한동안 계속 달릴 수 있었다. 하지만 이제는 이불 한 장의 무게조차 혼자서 감당하지 못하는, 그리고 그 사실을 울먹이며 인정하는, 몸도 마음도 나약해진 어린아이가 되어 있었다.

# #
읽고서야 깨닫는 것들

오랫동안 꼼짝 않고 누워 있으면 욕창이라는 게 생긴다. 몸이 썩는 것이다. 장기간 누워 있다 보면 침구에 닿는 부분이 지속적으로 압박을 받는데, 이때 혈액 순환 장애로 피부 조직이 괴사하는 것이 바로 욕창이다.

어느 날 침대 시트를 교체하던 중에 등과 발뒤꿈치에서 욕창을 발견했다. 등에 생긴 것은 천 원짜리 만했고, 발뒤꿈치에 생긴 것은 오백 원짜리 만했다. 욕창이 생기지 않도록 수시로 몸을 뒤집어주고 말려줘야 했지만, 병원 생활이 처음이니 그런 걸 알 턱이 없었다. 알았다고 해도 온몸이 부서진 상황에서 몸을 이리저리 뒤집는다는 것은 불가능한 일이었다.

고인 물이 썩듯이 몸도 역시 썩는다. 서서히 악취를 풍기며 썩어간다. 썩는지도 모르고 있다가 어느새 괴사된 부분을 발견하고 소스라치게 놀란다. 그러면 그때서부터야 부랴부랴 상처를 치료하기 위해 노력한다. 이리저리 몸을 굴리고 뒤집으며 바람을 통하게 하고, 매일 깨끗이 소독한다. 하지만 아무리 노력해도 원래의 깨끗한 피부로 돌아갈 수 없다. 흉터가 남는다. 완전히 회복된 피부 조직이라도 이전보다 많이 약해져 작은 자극에도 부르트고, 까지고, 피가 나기 일쑤다.

사는 일이란 게 항상 무언가를 잃고 회복하는 과정이라는 생각이 든다. 건강도 사람도 마찬가지다. 잃어봐야 그 소중함을 안다. 물론 그렇지 않은 사람도 있겠지만, 나는 언제나 잃고 나서야 깨닫는 쪽이었다. 오늘이 최악이라 해도 다음날은 차라리 오늘이 그리웠고, 그렇게 늘 어제가 아쉬웠다. 오늘보다는 행복했던 어제로 돌아가길 바라는 마음으로, 자꾸 뒤돌아보며 오늘을 허비했던 것은 아닐까. 그렇게 고개는 뒤로 돌린 채, 발걸음은 앞을 향한 채로 한참을 걸어왔다.

고통은 늘 새롭다

항생제 내성균.

이름도 참 생소하다. 항생제의 과도한 사용이 주요 원인이다.

우선 살리고 봐야 했기 때문에 뒷일을 생각하지 않고 들이부었던 탓일까. 혈액 검사에서 항생제 내성균이 나왔다.

사람이 아프면 항생제를 써서 병이 나을 수 있도록 돕는데, 항생제 내성균이 생기면 항생제를 사용해도 낫지 않는 경우가 발생한다. 즉 항생제를 쓰면 쓸수록 병원균이 항생제에 저항할 힘을 기르게 되어 더 강력한 항생제가 필요하다. 그러다 결국은 어떤 항생제에도 저항할 수 있는 박테리아가 생겨나는데, 이를 슈퍼박테리아라고 한다. 이 균에도 나름의 등급이 있다. 어떤 항생제에 내성을 가지고 있느냐에 따라서 생명까지 위협받을 수 있다.

예를 들면 A항생제는 a를 치료할 수 있고, B항생제는 a, b를 치료할 수 있고, C항생제는 a, b, c 모두를 치료할 수 있다고 가정해보자. 만약 내가 A항생제 내성균이 있으면 B나 C를 쓰면 된다. 하지만 C항생제 내성균이 있으면, A, B, C 중 어떤 항생제도 듣지 않는다. 병에 걸려도 손쓸 도리가 없다는 이야기이다. 다행히도 나의 경우는 C에 해당하는 항생제 내성균은 아니었다.

항생제를 반복적으로 사용하면 내성이 생기는 항생제 내성균처럼, 고통에 대한 내성도 그렇지 않을까 생각한 적이 있다. 이미 고통에 관한 내성은 C등급이니, 그 이전 단계의 고통 따위는 이제 별것 아니겠거니 하고 말이다. 죽고 싶을 만큼의 고통을 겪어봤으니, 넘어져서 까지거나 발목이 삐거나 하는 자잘한 고통은 이제 대수롭지 않을 줄로만 알았다.

하지만 내성은 생기지 않았다. 늘 새롭고 늘 최악이었다. 경험치 따위는 애초에 없었다. 별것 아닌 사소한 문제들에 부딪힐 때마다 넘어지고 좌절했다. 별로 뾰족하지 않은 말에도 쉽게 상처를 입었다. 몸이 조금만 이상 신호를 보여도 당장 내일 죽을 것처럼 불안에 떨었다.

사람들이 종종 묻는다. 죽다 살아났으니 이제 웬만한 것에는 끄떡도 하지 않는 것 아니냐고. 대단한 착각이다. 그런 건 없다. 아니 혹시 있다고 해도 나는 아니다. 상처가 꽃이 된 사람, 숱하게 깎이고 깎여 물돌처럼 둥글어진 사람. 나는 그런 대단한 사람은 아닌가 보다.

# #
시간이 약이라는 말

밤은 길지만 딱 버틸 수 있을 만큼 길다는 말, 신은 딱 감당할 수 있을 만큼의 고통만 준다는 말. 그 말이 사실이라면 신은 나를 내팽개쳤다.

군대를 갓 전역했을 때가 생각난다. 어디가 어디보다 힘들고, 어디는 완전 편하다. 이 보직이 저 보직보다 힘들고, 그 보직은 완전 지옥이다. 친구들이 편을 갈라 이야기할 때 나는 그냥 지켜보는 쪽에 속했다. 어디서 군 생활을 했든 무슨 보직을 맡았든, 본인이 경험한 것이 최악이라고 생각했기 때문이다. 명확하게 비교할 수 없는 일에 굳이 열을 올릴 필요가 없었다. 어느 곳이든 어떤 보직이든 장단이 있게 마련이고, 자신의 환경이 최악으로 느껴질 수밖에 없다.

사람마다 주어지는 삶의 무게도 다르지만 사람마다 견뎌낼 수 있는 무게도 다르다. 같은 무게를 아무렇지도 않게 짊어지는 사람이 있는 반면 겨우 버티는 사람도 있다. 나는 늘 전자라고 생각해왔었는데 이번에는 후자였다. 조금만 힘들어도 징징거리는 사람들을 보면서 한심하다고 생각했던 내가, 이제는 그 사람들 중 한 사람이 되어 있었다.

밤은 생각보다 춥고 길었지만 결국 아침이 오긴 왔다. 언제 올지도 모르는 아침을 하염없이 기다리며, 불안한 나날을 보냈던 것은 이내 추억 비스무리한 것이 되었다. 언제 나아질지 모르는 상황 속에서 막연히 '내일은 오늘보다 더 좋아지겠지'라는 생각 하나로 하루하루를 버텼다. 지금이 몇 시쯤 됐는지, 앞으로 해가 뜨려면 얼마나 남았는지 알지도 못하면서. 곧 날이 밝는다는 근거 없는 믿음을 가지고 그렇게 멍하니 있다 보니 어느새 다시 건강해지고, 다시 예전과 같은 일상으로 돌아올 수 있었다.

시간이 약이라는 말, 어쩌면 정말 맞는지도 모르겠다.

#
내일로 도망치던 날들

돌이켜보면 언제나 도망치듯 쫓기는 삶이었다. 과제에, 시험에, 학점에, 스펙에, 취업에.

'오늘을 살고 있으면서도 정말로 오늘을 살았던 적이 몇 번이나 있었을까' 하는 생각을 해본다. 끊임없이 내일을 위해 오늘을 희생했다. 내일은 늘 불확실했기에 오늘을 희생해 내일을 조금 더 선명하게 만들 필요가 있었다. 다들 그렇게 살고 있었고, 주변의 누구 하나 그런 삶에 대해 의문을 품은 사람은 없었다.

나도 마찬가지였다. 나 혼자만 제자리에 머물고 있을 수는 없었다. 늘 다음 기점을 향해 달렸다. 아니 도망쳤다. 남들 눈에는 성실하게 살아가는 모습으로 보였을지도 모르지만, 사실은 불안감에 쫓겨 오늘에서 내일로 도망친 것에 지나지 않았다. 그러다 돌부리에 걸려 넘어졌다. 남들 따라 우르르 도망치다가 돌부리를 발견하지 못했다. 운이 없었다. 그뿐이었다. 땅바닥에 엎어져 저만치 앞서가는 사람들을 보며, 왜 나에게만 이런 일이 일어났는지 억울한 심정으로 통곡해봤자 들어주는 이 하나 없고, 일으켜주는 이 하나 없었다.

남들 눈엔 코미디였을 것이다. 본인 잘못으로 넘어져놓고 누굴 탓한다는 말인가. 나에게는 가혹한 운명의 장난이고 비극이지만, 전체적인 맥락에서 보자면 그저 수많은 낙오자 중 한 명일 뿐이었다.

그러니까 너무 의미를 부여하지는 말자.

살다 보면 누구에게나 일어날 수 있는 일이고, TV에서 흔히

볼 수 있는 사건 사고에 지나지 않는 일이다. 그것이 나에게 일어난 것뿐이다. 나도 남들만큼 잘 이겨낼 수 있을 것이다. 삶을 긍정하며 웃을지 어떨지는 잘 모르겠다. 아마도 인상 쓰고 투덜대다 침을 뱉으며 일어나는 쪽에 가까울지도 모른다. 어쨌든 비극의 주인공은 나만이 아니다. 정신 차리자, 그렇게 생각했다.

# #
미친
소리

지금도 그렇지만 그 당시도 사회는 열정을 강요했다. 한번쯤
은 목숨 걸고 무언가를 해봐야 하고, 무언가에 미친듯이 몰
입해보기도 하며 뭔가 하나를 해도 끝장을 봐야 한다는 생각
에 많은 사람들이 동의하고 있었다.

언제부터인가 나도 이런 생각에 물들어갔다. 미친듯이 뭔가
를 해보지 않은 사람은 도전 정신이 부족한 사람이고, 무엇
이 됐든 열심히 하지 않으면 마치 아무것도 하지 않은 것과
같다는 생각. 목숨 한번 제대로 걸어보지 못한 인생을 청춘

이라고 말할 수 있겠는가 하며, 목숨을 걸 무언가를 계속 찾아 다녔던 것 같다. 그래서 암벽 등반에 더 매달렸는지도 모르겠다. 아무것도 아닌 자신의 존재를, 평범함을 비범함으로 포장하기 위해서 말이다.

떳떳하다고 생각했다. 관용적 의미의 '목숨을 걸다'가 아닌, 진짜 목숨을 걸고 절벽을 기어올랐으니 말이다. 결과는 어찌됐든 '나는 그래도 한번 목숨을 걸어본 젊음이다'라고 자위했던 것 같다.

지금 생각해보면 치기 어렸다. 사실 그리 대단한 열정이 있던 것도 아니다. 그냥 강박에 의해 시작했다가 어쩌다 보니 멈출 수 없게 되었던 것 뿐이다. 나는 그러던 중 원치 않는 사고를 당했다.

직장인이 된 요즘, 누군가 과로사했다는 이야기를 듣곤 한다. 그런 이야기를 들으면 '과연 목숨을 걸 만한 가치가 있는 일이었는가?'라는 의문이 든다. 아무리 일에 대한 열정을 운운한다고 하더라도 세상에 목숨 걸고 할 만한 그런 일은 없다. 아무리 위대한 밥벌이일지라도 그 정도로 위대하지는 않다. 그럼에도 불구하고 기어코 달려든다. 회사는 전쟁터가 아닌데도 불구하고 죽을 각오로 덤빈다.

물론 그 사람도 죽을 정도까지 일에 열을 올리고 싶지는 않았을 것이다. 누구나 그렇듯이 내일을 위해 오늘을 조금 희생한다고 생각했을 것이고, 언젠가는 좋은 날이 올 거라고 막연하게 기대했을 것이다. 멈추고 싶어도 멈출 수 없었을 것이다. 그러기에는 이미 가속이 붙어 있었고, 어쩐지 뒤처진다는 생각에 브레이크를 잡기가 머뭇거려졌을 것이다.

요즘 다시 스스로를 점점 몰아붙이고 있다. 별것도 아닌 사소한 일에 온 힘을 다해 달려든다. 그렇게 호되게 당하고도 아직도 남들보다 나은 특별한 삶을 위해 오늘의 나를 희생한다. 다만 항상 정신을 차리고, 너무 속도가 붙지 않도록 애써야겠다는 생각. 잠깐씩 쉬어가면서 멈춰 서는 법을 잊지 말자는 생각을 한다.

# #
두 개의 생일

그날은 스물 네 번째 생일이었다. 어쩌면 다시는 오지 않았을지도 모르는 날이라고 생각하니 기분이 좀 이상했다. 비록 몸은 만신창이가 되어 병원 신세를 지고 있지만, 생일 축하한다며 인사를 건네는 가족들의 얼굴을 볼 수 있어 다행이라는 생각이 들었다.

"생일 축하해! 한 달에 생일이 두 번이나 있네. 태어난 날, 다시 태어난 날."

그렇게 말하는 엄마의 표정은 진심으로 기뻐 보였다. 생일은 5월 27일, 사고는 5월 1일. 사고가 있던 날이 다시 태어난 날이라면, 태어난 날과 다시 태어난 날이 모두 5월인 셈이다. 엄마는 죽다 다시 살아난 내 첫 번째 생일이라며 케이크에 초를 한 개만 꽂았다. 돌잔치 때 나는 돈을 잡았다는데, 다시 내게 보기가 주어진다면 내가 잡고 싶은 건 삶이다. 그저 별 탈 없이 사는 보통의 삶.

나는 SNS에 접속해 그동안 업로드 했던 사진을 훑어봤다. 친구들과 술자리에서 함께 찍은 사진, 군대에 있을 때 찍었던 사진, 앞으로 무슨 일이 일어날지 모르고 즐거운 표정으로 카메라를 바라보고 있는 내 모습을 보면서 참 바보 같다는 생각이 들었다.

두 번의 생일. 그 말이 한동안 머릿속을 맴돌았다. 사고로 내가 죽었다면 태어난 날과 다시 태어난 날이 아니라 생일과 기일이 됐을 것이고, 그랬다면 기일은 기일대로 생일은 생일대로 가족들에게 상처가 됐을 것이다.

이제는 서른 두 번째, 아니 다시 태어난 아홉 번째 생일을 눈앞에 두고 있다. 내가 원했던 평범한 삶을 살면서도 가끔 다른 것들을 움켜잡고 싶은 생각이 들기도 하지만, 그때 했던 생각들을 기억하며 지금 내게 주어진 시간들에 감사하며 살자고 습관처럼 다짐해본다.

방명록

나는 싸이월드 방명록을 확인했다. 방명록에는 내가 생사의 기로를 오갈 때 사람들이 남긴 메시지가 있었다. 어쩌면 보지 못했을 수도 있는 글이라고 생각하니 기분이 이상했다.

글쓴이 : 최종문　　　　　　　　　　　　2011-05-02 오전 2:24:00

이게 무슨 일이야. 형 병원 갔다가 왔다.

빨리 건강한 모습 보여주길. 기도할게.

| 글쓴이 : 정호진 | 2011-05-02 오후 10:35:00 |

어제 갔다 왔을 땐 정말 너무 슬펐어.

오늘은 많이 좋아졌다고 해서 너무 기뻤고,

밝은 모습으로 다시 봤으면 좋겠다.

| 글쓴이 : 황태진 | 2011-05-03 오전 9:07:00 |

빨리 완쾌해라, 성준아.

| 글쓴이 : 조영준 | 2011-05-03 오후 12:52:00 |

형 빨리 일어나자. 너무 걱정돼서 죽겠어.

엄마도 너무 힘들어하고…….

힘들어도 조금만 참고 치료 잘 견뎌줘.

재연이랑 영민이, 준석이, 우진이도 병원에 왔었어.

호진이형, 용준이형, 준영이형, 용혁이형, 준범이형도 왔었고,

형 학교 후배들이랑 친구들도 왔다 갔어.

이렇게 다들 걱정하고 있으니까, 조금만 참고 견디자.

엄마는 형이랑 나만 보고 사는데 형이 잘못되면 안 되잖아. 알겠지?

면회 갔을 때, 형 눈도 뜨고 했는데 나랑 엄마 봤는지는 모르겠다.

너무 힘들고 아파 보여서 보기가 힘들어. 계속 눈물이 나더라.

엄마도 계속 울고 있고. 아빠도 원래 슬픈 거 내색 안 하잖아. 그런데 지금은

전과 다르게 많이 초조해 하고 계셔. 그래도 형이 잘 견딜 거라 믿어.

나 수요일에 다시 올라갈게!

그때는 얼굴 보고 말할 수 있었으면 좋겠다.

글쓴이 : 이준범	2011-05-04 오전 4:41:00

성준아, 보고 싶다.

금방 일어날 거라 믿는다.

빨리 소주 한잔 하자.

글쓴이 : 조영준	2011-05-06 오전 1:13:00

형, 지금 엄마랑 같이 형 자취방에 있어.

면회 때마다 약을 투여하고 있어서 자고 있는 모습만 보고 오네.

오늘은 좀 얼굴이 좋아졌더라, 편안해 보이고.

엄청 잘하고 있대. 잘 참고 있고 의지도 강하고.

형은 아마 기억 못 하겠지.

오늘은 준영이형이랑 종훈이형 왔다 갔어.

종훈이형은 내일 GP 들어가고 어제 당직이었는데도 왔어.

그리고 7월에 또 오겠대.

지금 애들이 형 수혈 받은 거 헌혈증 모으고 있다.

내 친구들 전부, 동주는 후배들 다 데리고 가서 내일 헌혈 시킨다고 하네.

다들 형을 위해서 열심히 해주고 있어, 형 진짜 복 받았어.

살아 있는 것 자체로 너무 고맙다. 진짜 한시름 던 것 같아.

엄마는 아직 가만히 있다가도 울고 그래. 많이 좋아졌다고는 하지만 그래도
앞으로 힘들 거 생각하니까 눈물이 계속 나나봐.

아빠도 며칠 동안 일도 안 나가고 병원에만 계셔.

많이 겁먹었어. 사인할 때도 손을 부들부들 떨고.

형 다음주 평일이면 일반 병실로 옮길 수도 있다는데 아직 모르겠다.

빨리 나았으면 좋겠다.

이제 정신 들면 엄청 아플 텐데 지금도 얼마나 힘들까 싶고.

형, 그래도 조금만 참자. 지금까지 해온 대로만 하면 돼.

내일 아침에 면회 갈게, 잘 자.

글쓴이 : 조영준	2011-05-07 오전 12:17:00

형 보고 싶다. 집에 왔는데.

형, 오늘은 손으로 글씨도 쓰고 그랬다며.

나 내려오니까 그러네, 아쉽게.

이제 조금씩 형 깨운다는데.

그럼 지금까지 고통 한번에 몰려올 테고.

스트레스도 엄청 받을 거고…….

지금까지 아팠던 건 기억에 없어서 힘들지 않았을지도 모르는데.

지금부터는 진짜 정신력으로 버텨야 할 텐데…….

너무 힘들겠다. 지금부터 이전과 비교도 안 되게 힘들 것 같아.

그래도 진짜 다 잘 될 거야, 전부.

하루하루 좋아져가는 형 모습 보니까 너무 좋아.

많이 힘들어했던 엄마랑 아빠도 점점 좋아지고 있어.

그래도 여전히 엄마는 힘든 것 같아.

알잖아, 엄마 겁 많고 걱정 많은 거.

형이 오늘은 손으로 엄마 아빠한테 '가서 주무세요'라고 썼대.

뭉클했어, 진짜.

형, 지금 아주 잘 치료받고 있어.

내가 매일 기도하고 있고, 친구들도 간절히 다 바라고 있으니 잘 될 거야.

매일 면회 가서 자는 모습만 보고 왔는데,

다음주에 가면 깨어 있는 모습도 볼 수 있겠지?

형, 금방 다시 보러 갈게 기다려!

글쓴이 : 지영주　　　　　　　2011-05-15 오전 11:23:00

보고 싶다, 인마.

어서 일어나서, 툭툭 털고 일어나야지.

내 생일에 환자복 입고서도 왔잖아.

넌 금방 일어날 수 있을 거라 믿어.

보고 싶고 미안하다. 성준아

빨리 퇴원하자. 힘내자!

## PART 2

전보다 할 수 없는 게
많아졌다는 것

병원을 옮기다

시간이 지날수록 몸도 마음도 안정을 찾아갔다. 담당 교수는 엄마에게 큼직한 수술들은 다 끝났다며 뼈가 붙을 때까지 지방 병원에 입원했다가 다시 오라고 했다. 수술을 해야 하는 위급한 환자들을 위해서 자리를 비워달라는 이야기였다. 그렇게 지방으로 병원을 옮기면서 본의 아니게 정신병동에서 생활하게 됐다. 어찌나 아픈 사람이 많은지 외과나 정형외과 에는 자리가 부족했기 때문이다.

정신병동의 분위기는 대체로 평화로웠다. 병실도 조용하고 깨끗했다. 붕대를 감고 있는 환자도 없고 신음하는 소리도 들리지 않았다. TV를 보고 있는 아저씨, 이어폰을 꽂고 음악을 듣는 학생, 낮잠을 자고 있는 내 나이 또래의 청년, 그냥 평화로운 일상의 한 장면이었다. 회진 시간에도 오늘 기분은 어떤지 가볍게 묻고 지나가는 경우가 대부분이었다. 주변에 있는 환자들이 별로 아파 보이지 않았기 때문에 어쩐지 나도 덩달아 아프지 않은 사람인 것처럼 느껴졌다.

이곳의 환자들은 주말에 외출도 할 수 있었다. 하루는 동생이 나에게 흥미로운 이야기를 해줬다. 술집에서 나와 같은 병실을 쓰는 환자를 보았다는 것이다. 같은 병실을 쓰는 남자 환자는 옆 병실의 여자 환자와 함께 다정하게 술을 마시고 있었다고 한다. 아마 사귀는 사이가 아니었을까 추측해볼 뿐이다.

그렇게 자유롭게 병원 밖으로 나갈 수도, 술을 마실 수도 있는 건강한 사람들이, 도대체 무슨 이유로 병원에 입원해 있는 것인지 이해가 되지 않았다. 겉보기에는 아무런 이상이 없어 보이는데, 도대체 어디가 아파서 입원한 것일까.

병원에 입원할 정도라면 아마 그리 가벼운 병은 아니라고 생각하면서도, 마음의 병은 겉으로 드러나는 것이 아니기에 그 가벼움과 무거움의 정도를 도무지 가늠할 수 없었다.

# #
정신병동

그래, 이곳은 정신병동이었다. 겉으로는 멀쩡해 보여도 속은 상처투성이인 사람들이 모인 곳. 처음엔 잘 몰랐지만 시간이 지나면서 그들이 병원에 입원해 있는 이유가 보이기 시작했다.

내 맞은편 자리에는 군대를 전역한 내 나이 또래의 청년이 입원해 있었다. 청년은 거의 하루 종일 잠을 자거나, 잠에서 깨어도 침대를 벗어나는 일이 거의 없었다. 말수가 적고 조용한 성격이라고만 생각했는데, 어느 날 청년의 어머니로부터 그의 사정을 전해 듣게 됐다. 청년은 군대를 전역하고부터 조금 이상해졌다고 한다. 말수가 극히 적어졌고, 지나치게 내성적으로 변했다는 것이다. 이유를 물어도 대답하지 않고, 혼자서 무언가를 끙끙 싸매고 있는 것처럼 폐쇄적인 성격이 되었다고 한다.

그러던 어느 날, 청년이 난동을 부렸다. 이유는 잘 모르겠지만 몹시 화가 난 것 같았다. 몸부림을 치며 울부짖었다. 덩치가 커서 누구 하나 제대로 말리지 못했다. 남자 간호사들이 와서야 그를 겨우 진정시켜 데리고 나갔다. 그 뒤로 청년을 다시 볼 수 없었다. 격리 병동으로 옮겨졌다고 전해 들었을 뿐이다. 평소에는 조용하고 내성적이던 사람이 한순간에 돌변하는 모습에 나는 조금 놀랐다.

다른 환자들의 사연도 귀에 들렸다. 병실 복도에는 멍하니 휠체어에 앉아 시간을 보내던 아주머니가 있었는데, 아주머니는 군대에 간 아들이 죽은 이후 병원에 입원했다고 한다.

자식을 잃은 상실감에 사는 것이 쉽지 않았을 거라고 생각했지만 감히 내가 그 상처의 크기를 가늠할 수는 없었다.

병실에서 상태가 가장 나쁜 환자는 나라고 생각했는데, 어쩌면 아닐지도 몰랐다. 배에는 꿰맨 자국이 큼직하게 나있고, 여기 저기 핀이 박혀 혼자 일어나 앉지도 걷지도 못하는 환자였지만, 어쩌면 고통의 크기는 그렇게 크지 않을지도 모른다는 생각이 들었다. 안 아픈 사람들 사이에 있으니 마치 나도 아프지 않은 사람 같다고 느꼈는데, 눈에 보이는 아픔뿐만 아니라 보이지 않는 아픔까지는 미처 생각하지 못했다. 보이지 않는 아픔은 수술로 나아질 수 없다. 스스로 치유해야만 하는 아픔이기에 몸이 아픈 것보다 더 치료가 힘들 수도 있겠다는 생각이 들었다.

\#
숙
제

정신과 의사와의 면담이 있었다. 잠은 잘 자는지, 꿈은 꾸지 않는지 같은 시시콜콜한 이야기를 주고 받다가, 사고 장소에 다시 가봐도 괜찮겠냐는 질문을 했다. 의사는 쇼크를 받을 수 있으니 가지 않는 것이 좋겠다고 말했다.

1년 후 그날, 나는 다시 사고 장소를 찾았다. 그날의 색감, 냄새 같은 것들이 되살아나면서, 그동안은 전혀 기억나지 않았던 부분까지 떠올랐다. 기억을 더듬어가며 그날의 발자취를 따라 걷다가 어쩐지 씁쓸해진 기분으로 집에 돌아왔다.

가지 않았다면 몰랐을 것이다. 의사의 말대로 내가 정말 쇼크를 받을 것인지, 씁쓸하긴 하지만 담담하게 받아들이고 산에서 내려올 것인지 말이다. 의사의 말을 듣고 사고 장소를 평생 금단의 영역으로 둔 채, '여기서부터는 접근 금지'라는 팻말을 꽂고 울타리를 쳤다면 정말로 거기까지였을 것이다. 하지만 의도가 무엇이었든 간에 좋지 않았던 기억에 다시 접근하려고 노력함으로써, 나의 한계가 생각보다는 작지 않다는 것을 알 수 있었다. 이런 끊임없는 시도가 나를 더 나은 모습으로 만들어줄 것이라고 생각했다.

사람마다 극복해야 할 것 하나쯤은 가지고 살아간다. 그것이 무엇인지 명확하게 알기란 어렵지만 정신병동에 입원한 사람들의 경우에는 조금 더 명확했다. 아들의 죽음, 군대에서의 트라우마처럼 스스로를 병들게 하는 것들 말이다. 아픔의 종류도, 그 아픔의 정도도 사람마다 다르겠지만, 결국 모든 것은 자신에게 달려 있다.

말은 쉽게 하지만 나도 아직 사고의 충격에서 완전히 벗어나지 못했다. 여전히 크고 작은 흔적이 많이 남아 있다. 사람들과의 관계에서 지나치게 방어적인 면과 타인에 대한 의심과 불신도 많다. 가끔 그날의 기억이 떠오르면 후회하는 마음, 원망하는 마음이 고개를 쳐들고, 그럴 때마다 걷잡을 수 없이 밑으로 가라앉는 경우도 있다. 일상생활에서도 마찬가지다. 추락하지는 않을까 하는 마음에 맨홀 뚜껑을 밟지 않는다. 심지어 관람차 놀이기구를 탔을 때는 온몸에 두드러기가 돋을 정도다.

숙제다. 평생 풀어야 할 숙제처럼 느껴진다. 제한 시간도 없는 평생의 숙제. 식도 답도 정해져 있지 않아 딱히 뭐가 정답이고 오답인지 구분 지을 수 없는 숙제. 출제자도 나고, 풀어야 하는 사람도 나고, 점수를 매기는 사람도 나다. 어렵지만 이 숙제를 최대한 빨리 풀고 싶다. 하루빨리 기분 좋게 털어 내고 싶다.

산
넘
어
산

겨우 아물어가던 배가 다시 열렸다. 뱃속에 의료용 비닐이 녹지 않고 남아 있던 것이다. 급하게 수술이 잡혔다. 핀을 제거할 때까지 당분간은 수술실에 가지 않을 거라고 생각했었는데, 예상치도 못하게 다시 방문하게 되니 기분이 썩 좋지 않았다.

수술실에 들어갈 때마다 느끼는 것이지만 수술실은 이상하게 서늘하다. 아니, 서늘하다 못해 춥다. 이빨이 딱딱 부딪힐 정도다. 그렇게 덜덜 떨면서 누워 있는데 마취를 시작하겠다며 호흡기를 가져다 댔다. 과연 나는 몇까지 셀 수 있을까. 그래도 다섯까지는 셀 수 있지 않을까 하는 생각을 하며 숫자를 세었다. 하나, 둘, 셋. 아니 어쩌면 둘까지였던가. 눈을 뜨니 병실이었고 수술은 이미 끝난 뒤였다.

그야말로 산 넘어 산이었다. 큰 고비 하나 넘겼다 싶으면 자잘한 것들이 고개를 들었다. 그것보다 더 큰 수술들도 잘 견뎠는데 고작 이 정도로 호들갑이냐고 이야기할지도 모르지만, 현실은 그렇지 않았다. 이미 겪었던 고통을 기준으로 다가올 고통의 크기를 상상하게 되면서, 그 고통의 크기가 실제로는 어떠하건 간에 그것은 과장되고 증폭됐다.

그래서 더 두려웠다. 걱정이 앞섰다. 아무리 작은 문제도 넘을 수 없는 산처럼 느껴졌다. 고통이 사람을 성장하게 한다는 말, 그 말이 정말 맞기나 한 건지 의심스러운 시간이었다.

\# 버티기 위한 주문

"언젠간 다 추억이라고 이야기할 날이 올 거야."

병원 생활에 지쳐가던 나에게 엄마가 이따금씩 했던 말이다. 지나면 다 추억이 된다. 그게 언제쯤일지는 모르지만 웃으며 이야기할 수 있는 그런 날이 분명 올 것이다.

지긋지긋했던 군생활도 지나고 나면 다 추억이 되듯, 이 지긋지긋한 병원생활도 언젠간 추억이 될 것이다. 견디기 힘들었던 오늘은 어느새 과거형이 되어, 그땐 그랬지 하며 아무렇지 않게 웃어 넘길 수 있는 날이 올 것이다. 그런 생각들이 당시의 나를 버틸 수 있게 해줬다.

그게 언제쯤일지 그때는 알 수 없었지만, 지금은 알 수 있다. 선명했던 아픔은 이미 오래 전에 희미해졌고, 심지어 몇몇 순간들은 그리운 기억으로 남았다.

사고가 없었다면 좋았겠지만, 그로 인해 얻은 것도 분명 있었다. 내가 잃은 수많은 것들을 고스란히 되찾지는 못했지만, 분명 다른 형태로 내 삶에 녹아들었을 거라 생각한다.

그 시간 동안 내가 성장했기 때문인지 아니면 단순히 상황이 좋아졌기 때문인지는 모르겠지만, 지난 시간이 생각보다 최악이 아니었음을 감사하게 생각한다.

지나면 다 추억이 된다. 그러니까 지금을 잘 참고 견디자. 스스로에게 다짐하듯 나에게 이야기하던 엄마의 말이 아직도 귓가를 맴돈다.

# #
고
마
워

시간이 갈수록 다리는 점점 굳어져 갔다. 추락했을 때 신경이 많이 다치기도 했지만, 골반을 붙이면서 한 번 더 신경이 손상되는 것을 피할 수 없었기 때문이다. 하체를 전혀 사용하지 않고 가만히 누워지내는 날이 계속되어 관절은 기름을 칠하지 않은 기계처럼 뻑뻑해져만 갔다.

이대로 두면 안 되겠다 싶었는지 동생이 다리를 굽혀주었다. 한 손으로는 발목을 잡고, 다른 손으로는 허벅지를 잡고 온 힘을 다해 굽혔다. 굳어버린 다리를 억지로 굽히는 일은 생각보다 더 고통스러웠다.

무릎이 완전히 접힌 듯한 고통을 느끼며 비명을 지르면, 아직 90도도 안 꺾였다는 대답이 돌아왔다. 거의 허벅지에 뒤꿈치가 닿을 정도로 꺾인 것 같은데, 반도 굽혀지지 않았다는 사실을 믿을 수가 없었다. 동생은 사진을 찍어서 보여줬다. 어제는 이만큼, 오늘은 이만큼, 오늘이 어제보다는 조금 더 나아졌네 하며 나를 독려했다. 무릎이 90도 정도 굽혀지기 시작했을 때, 거기서 그만 멈추고 싶었다. 굽히면 굽힐수록 고통도 커졌기 때문이다. 하지만 재활은 멈추지 않았다. 동생의 바톤을 재활 치료사가 이어받아서 무릎 굽히기 재활은 수개월이나 계속됐다. 나중에는 하도 세게 굽혀서, 무릎 관절이 밖으로 튕겨져 나가는 것처럼 고통스러웠다.

결국 뒤꿈치와 허벅지가 닿는 데까지 성공했다. 안될 것 같았는데 결국에는 됐다. 아마 혼자였다면 중간에 포기했을 것이다. 그랬다면 아마도 지금 어정쩡하게 걷고 있을지도 모르겠다. 어느 순간 내가 나를 포기할지라도, 나를 끝까지 포기하지 않고 독려해줄 사람이 한 명 있다는 것이 얼마나 큰 힘이 되는지 알게 되었다. 나를 끝까지 포기하지 않아 준 동생이 참 고맙다.

# #
흩어진 기억

한번 흩어진 기억의 조각들은 좀처럼 다시 모이질 않았다.
도대체 무슨 일이 있었던 것인지 생각을 쥐어짜봐도 떠오르
는 것들은 항상 거기서 거기였다. 시간이 지나도 별로 나아
지는 게 없었다.

암벽을 오르다가 바위가 무너졌다. 바위가 무너지면서 몸을
확보시킨 볼트가 빠졌다. 그렇게 바위와 함께 추락했다. 하지
만 이것은 추측일 뿐이다. 그날의 추락 사고로 한 명이 죽고
한 명이 중상을 입었다는 것 외에 확실한 건 아무것도 없다.

모든 것이 그날의 날씨처럼 흐릿하고 불분명했다. 답답하지만 어쩔 수 없는 노릇이다.

그래도 사고가 나기 직전의 기억들은 비교적 선명했다. 그날 나는 일행의 거의 끝에서 등반을 지켜보고 있었다. 맨 앞에서 등반을 리드하던 친구가 한참을 올라가지 못하고 있었고, 하는 수 없이 순서를 바꿔 내가 맨 앞에 서게 된 것이었다. 올라가면서 뭔가 이상하다는 생각이 들었다. 그렇게 어렵지 않은 코스였는데도, 그 친구가 버벅거리며 올라가지 못하던 것이 의아할 따름이었다.

나는 가만히 누워 사고 직전의 상황을 곱씹어 보고는 했다. 그날따라 친구의 컨디션이 별로 좋지 않았던 건지, 단순히 등반하기 싫어 꾀를 부렸던 건지, 말도 안 되지만 혹시 이렇게 될 걸 예상이라도 했던 건지. 꼬리에 꼬리를 물고 이어지던 생각은 결국 이런 결론에 도달했다.

그래, 어쩌면 내가 아니었을 수도 있다. 순서만 바뀌지 않았다면 나는 사고 당사자가 아니라 목격자에 불과했을 수도 있다. 사고의 충격으로 한동안 괴로웠겠지만, 시간이 좀 지나면 일상으로 복귀할 수 있었을 것이다. 생각할수록 마음이 복잡했다. 흩어진 기억의 조각들을 모아 기우고 붙여가며, 나는 우울한 시간들을 보냈던 것 같다.

# #
2인실
꼬마

병원에는 여러 종류의 병실이 있다. 병원마다 차이가 있을 수는 있겠지만, 내가 있던 병원들은 6인실, 4인실, 2인실, 1인실, 특실로 구성되어 있었다.

나는 여러 번 병원을 옮겼는데, 새로운 병원에 입원할 때면 주로 2인실에 입원했다. 가격이 저렴한 4인실과 6인실은 항상 만석이었기 때문에, 2인실에서 하루나 이틀쯤 대기하다가 자리가 나면 옮기는 식이었다.

2인실이 확실히 좋기는 했다. 화장실이 따로 마련되어 있고,

넓은 공간에 침대가 달랑 두 개 뿐이다. 침대는 일반 병실의 것보다 사이즈가 넉넉하고, 등받이는 리모컨으로 자동 조절되어 힘들게 조절 레버를 돌릴 필요가 없다. 침대마다 개인용 TV가 딸려 있어 원하는 채널을 언제든지 볼 수 있다. 서랍 속에는 보호자용 슬리퍼와 세면도구까지 마련되어 있다.

몸에 박힌 핀을 제거하기 위해 처음 내가 수술했던 병원을 찾았을 때도 역시 2인실을 썼다. 그렇게 호사 아닌 호사를 누리며 지내고 있었는데, 어느 날 비어 있던 옆자리에 환자가 한 명 입원했다. 초등학교 1, 2학년쯤으로 보이는 꼬마였다. 얼핏 보기에는 어디가 아파서 입원한 것인지 알 수 없을 정도로 건강해 보였다. 무슨 일로 이런 큰 병원까지 오게 된 건지 궁금했지만 괜한 오지랖을 부리고 싶지 않았다.
아이는 꽤나 귀하게 자란 것 같았다. 요즘 아이들이 버릇이 없다는 것은 익히 들어 알고 있었지만, 정도가 좀 지나치다

는 생각이 들 정도로 막무가내였다. 아이의 보호자로 함께
온 사람은 아이의 할아버지였는데, 할아버지가 실수로 아이
를 툭 건드리자 아이는 데굴데굴 구르며 악다구니를 썼다.
할아버지는 민망해하면서도 버릇없는 손자를 어찌해야 할지
모르는 눈치였다. 얼마 후, 일을 마치고 퇴근한 아이의 아버
지가 도착해서 할아버지와 교대를 했다. 아이의 짜증은 여전
했지만 전처럼 심하지는 않았다.

알고 보니 아이는 암환자였다. 아이의 뼈에는 암세포가 자라
고 있었다. 아이의 아버지는 아이의 뼈에 암이 생겨 살짝만
건드려도 통증이 심하니, 아이가 짜증을 좀 부려도 이해를
부탁한다고 했다. 심드렁한 표정으로 장난감을 가지고 노는
아이를 보고 있자니 어쩐지 안타까운 마음이 들었다. 마냥
버릇없는 꼬마인 줄만 알았지, 암환자라고는 생각지도 못했
었다. 아직 인생을 제대로 시작도 해보지 못한 아이에게 암

이라는 병은 너무도 가혹해 보였다.

아이는 가만히 있다가도 난데없이 바락바락 악을 썼다. 내가 보지는 못했지만 분명 몸이 침대 난간에 부딪혔거나, 어딘가에 닿았을 것이다. 한참 걱정없이 자라야 할 나이에 감당하기 힘든 고통을 짊어지고 있었다. 암이 생길 만한 생활을 하기엔 너무 어렸다. 아이는 이 상황에 대해 원인을 제공하지도 않았고, 때문에 그 어떤 책임도 없었다.

그런 면에서 나는 별로 할 말이 없었다. 위험할 줄 알면서도 암벽 등반을 했고, 그 선택에 대한 대가를 치르고 있는 것이었다. 그렇게 억울할 것도 없었다. 내 의지였고 선택이었으니까. 결국 모든 책임은 나에게 있었다. 운명은 나에게만 너무 가혹하다고 생각했는데, 어쩌면 내가 느꼈던 억울함은 그 아이에 비하면 정말 아무것도 아닐지도 몰랐다.

# #
카리스마 의사

회진 시간이었다. 담당 간호사가 들어와서는 곧 교수님 회진이 있을 예정이니 준비하라고 전해왔다. 사실 회진이란 게 별다른 준비가 필요한 건 아니다. 밥은 잘 먹는지, 불편한 데는 없는지 이런저런 형식적인 이야기를 하는 자리였기 때문이다.

잠시 후 무표정한 얼굴의 담당 교수가 들어왔다. 흰머리가 듬성듬성하고 얇은 금테 안경을 쓴 모습이 다소 신경질적으로 보이긴 했지만, 보통의 의사들과 크게 다르진 않았다. 그는 생긴 것만큼이나 목소리도 날카로웠다. 감정이 실리지 않은 차가운 말투는 사람을 긴장하게 만들었다. 그 날카로움과 차가움이 그 사람의 권위를 나타내고 있는 것 같았다.

그는 실제로도 꽤나 권위 있는 의사였다. 퇴원 후, 배의 상처가 벌어져 집 근처 대학 병원에 찾아갔을 때였다. 의사가 몸을 구석구석 살피면서 어느 병원에서 수술했냐고 물었고, 나는 수술 받은 병원 이름을 이야기했다. 그러자 의사는 그 교수의 이름을 대며 그에게 수술을 받았느냐고 물었고 나는 그렇다고 답했다. 그러자 의사는 그분이 아니면 힘들었을 수술이라며 훌륭한 교수님에게 수술 받아 다행이라는 말을 했다. 그런 훈훈한 이야기를 듣게 된 것은 한참 후의 일이었다. 그날 내가 만난 의사는 덕망 높은 교수라기보다는 신경질적인 권위주의자에 불과했다. 처음에는 자료를 살펴보며 차분히 내 상태를 설명하는가 싶었다. 뼈가 아직 제대로 붙질 않아서 수술할 수가 없는 상태이고, 한두 달 정도 뼈가 붙을 때까지 더 기다려야 한다고 했다. 젊은데도 뼈가 붙는 속도가 느리니 기다리는 동안 뼈가 잘 붙는 주사를 처방하겠다고, 잘 맞으면서 기다려야 한다고 했다. 그런데 차분하게 설명을 이어가던 의사의 목소리 톤이 조금씩 올라가기 시작하더니 다른 사람처럼 돌변했다. 가만히 누워지내라고 했는데 왜 몸을 움직였냐며 추궁을 하곤 다짜고짜 왼쪽 다리를 굽혀보라고 윽박질렀다. 동생이 도와줄 때야 겨우 90도로 굽혀지던 다리를 굽히는 건, 혼자 힘으로는 어림도 없었다.

의사는 평정심을 완전히 잃었다. 내가 도저히 다리를 굽히지 못하겠다고 하니, 못 하는 게 아니라 안 해서 못 하는 거라며 소리를 질러댔다. 그러더니 내 허벅지와 정강이를 양손에 한쪽씩 쥐고서 뒤꿈치와 허벅지가 닿을 정도로 완전히 접어버렸다. 너무 고통스러워서 소리를 지르는 나에게, 의사는 조용히 하라며 더 크게 소리 질렀다.

나중에는 너무 아파서 소리조차 나오지 않았다. 입은 분명 벌어져 있는데 소리는 나지 않았다. 눈물이 났다. 서러워서가 아니라 정말로 아파서 눈물이 났다. 온몸에 기운이 다 빠졌다. 의사는 두 달 뒤에도 이런 상태면 절대 수술하지 않겠다는 으름장을 놓고는 씩씩거리며 병실을 나가버렸다. 나는 의사가 나간 방향을 한참이나 멍하니 바라봤다.

#슈렉 의사

깁스를 새로 하기로 했다. 골절 부위를 단단하게 잡아줘야 하는 깁스가 시간이 지나면서 많이 느슨해졌기 때문이다. 나는 석고실로 옮겨졌다.

석고실 의사는 마치 어린아이를 대하듯 나를 대했다. "이번에는 어떤 색으로 해볼까? 밝은 색은 어때?" 하고 의사가 물었다. 내가 대답이 없자, "좋아, 이번에는 슈렉 색으로 해보자" 하며 혼자 묻고 혼자 답했다. 영화 더빙을 하듯 슈렉 목소리를 흉내내면서 석고를 붓고 저으며 새 깁스를 완성했다.

혼자 놀기의 진수를 보는 것 같았다. 그렇게 완성된 깁스의 색은 정말로 슈렉 같았다.

그 유치찬란하고 방정맞은 모습을 지켜보면서 어쩐지 자꾸 웃음이 났다. 뼈가 붙지 않아 병원에서 내쫓기는 신세였던 나는 꽤나 시무룩한 상태였는데, 슈렉 의사의 우스꽝스러운 모습에 마음이 편안해졌다. 그것이 그 의사가 환자를 배려하는 방식인 것 같았다. 그의 따뜻한 마음이 고마웠다.

문득 생각이 담당 교수에게까지 이어졌다. 석고실 의사의 배려가 장난기 가득한 슈렉 색이었다면, 담당 교수의 배려는 금테 안경처럼 차갑고 날카로운 색이 아니었을까 하는 생각이 들었다. 나를 심하게 윽박질렀지만, 어쩌면 그것이 그 사람만의 배려가 아니었을까 하는 생각. 아마 그렇게까지 심하게 하지 않았다면 나는 내 무릎이 그 정도까지 굽혀질 수 있다는 것도 몰랐을 것이고, 재활을 하더라도 안일하고 적당한 선에서 만족하고 멈추려고 했을 것이다.

'여기까지다'라고 생각하면 딱 거기까지다.

하지만 의사는 저기까지도 갈 수 있다는 것을 몸소 알려주었
다. 그때는 미웠는데, 지금 생각해보면 참 고맙다.

# #
구급차

뼈가 붙을 때까지 다른 병원에서 대기해야 했던 나는 입원이 예정된 병원으로 이동하기 위해 구급차를 호출했다. 구급차 기사가 병실에 도착하고 나는 병원 침대에서 구급차 침대로 옮겨졌다. 그렇게 구급차에 실려 입원할 병원으로 향했다.

엄마는 아들과 함께 구급차를 타게 될 줄은 몰랐다며 푸념 섞인 농담을 했다. 하지만 그래도 나는 좋았다. 차를 타는 그 짧은 시간이 내가 병원 밖으로 나갈 수 있는 유일한 기회였기 때문이다. 말없이 앉아 있는 엄마의 표정은 그리 좋아 보이지 않았다. 수술이 가능하지 않아 다른 병원으로 쫓겨나는 처지였기에 앞으로의 일들을 걱정하는 것 같았다.

한 시간쯤 달려 목적지에 도착했을 때, 나는 다시 병원 침대로 옮겨졌다. 잠깐의 설렘을 뒤로 하고 나는 다시 침울한 상태에 빠졌다. 이제 이곳에 가만히 누워 두 달이란 시간을 보내야 한다고 생각하니 막막했다. 두 달 뒤 다시 구급차를 타고 수술을 하러 가는 그날까지, 조금만 더 참아보자고 생각했다.

# #
자기
연민

핀만 빼면 금방 걸을 수 있을 거라는 희망이 사라지고 나니 없던 힘도 쭉 빠졌다. 차라리 처음부터 먼 훗날의 일이라고만 생각했다면 사정이 조금 나았을 수도 있겠지만, 코앞까지 다가왔다가 사라져버린 희망의 뒷맛은 씁쓸하고 길었다. 그렇게 한동안 잊고 지냈던 자기 연민에 다시 빠져들었다.

정도의 차이는 있겠지만 누구나 이 감정에 빠질 수 있다. 이 감정은 꽤 고약해서 한번 빠져들기 시작하면 헤어나오기가 쉽지 않다. 처음에는 내가 비극의 주인공인 것 같다는 생각이 어렴풋이 떠올랐다가 그 생각이 머릿속을 떠나지 않고 맴돈다. 이내 눈으로 들어가면 눈물이 그렁그렁해지고, 가슴으로 내려가면 가슴이 먹먹하고 답답해서 숨쉬는 것조차 버거워진다.

자기 연민은 생각보다 복잡미묘해서 패배감으로 시작할 때도 있고 상실감으로 시작할 때도 있지만, 언제나 결과는 같아서 이렇게 사람을 비참하게 만들 수가 없다. 한 번 빠지면 헤어나오기 힘들고, 노력한다고 빠지지 않는 것도 아니다.

나는 곧잘 자기 연민에 빠지곤 했기 때문에, 나름대로 헤어나오는 방법도 터득했다. 가위에 눌렸을 때 비명을 지르면 들릴 듯 말 듯한 쉰 목소리로 신음을 토하며 깨어나는 것처럼 말이다.

자기 연민에서 빠져 나오는 가장 쉬운 방법은 예능 프로그램을 보는 것이었다. 아무 생각 없이 TV를 보다보면 어느새 피식 거리고 있는 나를 발견할 수 있었다. 비참한 꼴을 하고

TV나 보며 피식 대는 내 모습이 더 우스울 수도 있겠지만 말이다.

나는 'TV는 바보상자'라는 말에 동의하는 편이지만 병원에서는 보물상자나 다름없다. TV는 별다른 희망도 없이 누워 있는 환자들의 복잡한 생각을 일시정지 할 수 있는, 힘들고 괴로운 기억들을 잠시나마 잊을 수 있게 하는 훌륭한 피난처의 역할을 하기 때문이다.

하지만 문제는 밤이었다. 낮에는 TV의 소란스러움 덕분에 복잡한 생각은 저절로 음소거가 되어 그런대로 버틸 만했지만, 밤에는 그게 쉽지 않았다. 불도 꺼져 있고 TV도 켤 수 없는 모두가 잠들어 있는 깊은 밤, 옆 침대의 환자가 잠을 자는 것인지 죽은 것인지 헷갈릴 정도의 적막함은 나를 다시 한번 자기 연민의 심연으로 밀어넣었다.

동생

내게는 동생이 하나 있다. 연년생인 동생은 나와 친구처럼 자랐다. 우리는 군생활도 함께했는데, 내가 상병이 꺾여갈 무렵에 동생이 이등병으로 전입을 왔다. 형 덕분에 군생활 편히 한다는 오해를 사지 않도록 나는 동생에게 일부러 더 쌀쌀맞게 대하곤 했는데, 그럴 때마다 마음이 편치 않았다. 내가 전역하던 날 눈물 콧물 범벅이 된 동생의 모습을 아직도 잊을 수 없다. 대부분의 형제가 함께할 수 없는 군생활의 추억을 공유하면서 나와 동생의 우애는 더욱 돈독해졌다.

흔히들 말하는 것처럼, 내가 동생을 키웠는지 어쨌는지는 잘 모르겠다. 한 가지 분명한 건 내가 사고를 당하고부터는 동생이 나를 키웠다는 사실이다. 아무것도 할 수 없는 내 곁에서 밥도 먹여주고, 기저귀도 갈아주고 운동도 시켜줬다. 시시콜콜한 농담으로 형을 웃게 해주고, 시무룩해져 있는 형을 위로했다. 그냥 철부지 동생이라고만 생각했는데, 어느새 훌쩍 자라서 아무것도 할 수 없게 된 나를 돌보고 있었다. 형 같은 동생이었다. 동생 같은 형이었다.

여느 때와 마찬가지로 그날도 어김없이 동생은 병원을 찾았다. 별로 대수롭지 않게 인사하고 다시 TV로 눈을 돌리려는데, 동생이 옆 침대에 턱 걸터앉더니 낄낄대며 환자복으로 갈아입는 것이었다. 골절이었다. 축구를 하다가 발목뼈가 조각이 났다고 했다. 하루에도 몇 시간씩 나가서 공을 찼으니 별로 이상할 것은 없었다. 누가 보면 축구선수 지망생인 줄 알 정도로 축구에 열심이었으니까.

그냥 막 웃음이 났다. 어제까지는 보호자로 형을 돌보던 녀석이 이제는 환자 신분으로 같은 병실에 누워 있게 되었다는 사실이 우스웠다. 그러다가 문득 이 소식을 접했을 부모님 표정이 떠올랐다. 마냥 웃고만 있을 일은 아니었다. 하나도 모자라서 두 녀석 다 병원 신세라니, 얼마나 가슴이 아플까 생각하면 차마 웃을 수가 없었다. 아니나 다를까 병원을 찾은 엄마는 눈이 휘둥그레졌다. 처음엔 동생이 장난치는 줄 알고 긴가민가하다가, 이내 사태를 파악하고는 눈물이 그렁그렁해졌다. 큰놈, 작은놈 아주 잘하는 짓이라며 농담 섞인 투로 이야기했지만, 아픈 속내를 숨기지 못했다. 퇴근 후 병원을 찾은 아빠는 단단히 화가 났다. 아빠가 화를 내는 것은 당연했다. 우리는 말없이 가만히 앉아 있었다.

시간이 흐르면서 아빠의 화가 조금 누그러지는 기미가 보였다. 눈치 빠른 동생은 그 틈을 놓치지 않고, 자신이 형과 같이 있으니 이걸로 당분간은 부모님이 병원에서 밤을 지새우지 않아도 된다는 뻔뻔한 위로를 건넸다. 나는 그 말에 동의하며 맞장구를 쳤다. 군대까지 갔다 온 다 큰 녀석들이 아직도 이렇게 철이 없었다. 그래도 동생과 함께 있는 병실은 전보다 아늑하게 느껴졌다.

횅하니 넓기만 했던 공간이 가득 찬 것 같았다.

# #
엄마의 식사

누군가는 먹기 위해 산다고 말할 정도로 먹는 즐거움은 삶에서 중요한 부분을 차지한다. 하지만 당장 죽느냐 사느냐 하는 문제가 달린 시점에는 얼마나 맛있는 음식을 먹는가 하는 건 팔자 좋은 소리에 불과하다.

가까스로 목숨만 건졌을 뿐, 물 한 방울조차 입에 대지 못했을 때를 생각해보면 더욱 명확해진다. 살기 위해서는 어떻게든 먹어야 하는데, 입으로 먹을 수 없으니 혈관으로 먹어야 했다. 그렇게 수액에 의존해서 한동안을 버티다가 입으로 무언가를 먹을 수 있게 됐을 때도, 음식을 먹는다는 게 즐겁기 보다는 하나의 과업처럼 느껴졌다.

살기 위해 먹는 것은 엄마도 마찬가지였다. 병원 생활 초반에는 아들이 저렇게 아픈데 어떻게 밥을 먹을 수가 있겠냐며 밥 한술 제대로 뜨지 못했던 엄마였지만, 시간이 조금 지나면서 창가에 서서 홀로 밥을 먹고 있는 자신을 발견했다고 한다. 살기 위해서, 살리기 위해서 어떻게든 밥을 먹어야만 했을 것이다.

자다 일어난 부스스한 머리에 노랗게 뜬 푸석푸석한 얼굴을 하고 제대로 된 식사가 아닌, 정말 살기 위해 밥을 먹는 엄마의 모습을 보고 있노라면 미안한 마음이 들었다. 아들을 다시 걷게 만들겠다는, 그래서 평범한 일상으로 되돌아가고 말겠다는 결연한 의지로 음식을 우악스럽게 밀어 넣는 엄마의 모습이 슬프고 그립다.

# #
반
찬
통

병실마다 하나씩 놓인 냉장고는 언제나 반찬통으로 가득했다. 환자들 식사는 보험이 적용되어 저렴한 가격에 제공됐지만, 보호자 식사는 보험이 적용되지 않아 가격이 비쌌다. 장기간 입원으로 병원비가 만만치 않은 상황에서 식사를 추가로 신청하는 것은 부담스러운 일이기에 대부분의 보호자들은 가져다 놓은 밑반찬과 함께 얼려놓은 밥을 해동해서 먹었다.

식사 시간이 되면 각 병실로 환자에게 맞는 형태의 식사가 배달됐다. 음식을 씹어 삼킬 수 있는 환자에게는 하얀 급식

판에 밥과 반찬이 담긴 식사가, 그럴 수 없는 환자에게는 허여멀건한 액체가 담긴 주머니가 배달됐다. 환자와 보호자가 같이 식사를 하기도, 환자를 먼저 먹이고 보호자가 나중에 식사를 하기도 했다. 나는 상황이 좀 나은 편이어서 엄마와 함께 식사를 할 수 있었는데, 냉장고에 있던 반찬 덕분에 밍밍한 병원밥을 그런대로 맛있게 먹을 수 있었다.

반찬은 주로 병문안을 오는 친구 어머니와 엄마의 친구분들이 가져다주셨다. 이럴 때일수록 잘 먹어야 한다며 병원에 오실 때마다 이것저것 싸가지고 오셨다. 멸치볶음, 장조림, 진미채, 젓갈 등 반찬 종류도 다양했다. 엄마는 나를 챙기느라 자신을 돌볼 여유가 없었고, 그런 엄마에게 반찬은 그 어떤 병문안 선물보다 고마운 선물이었다.

냉장고에 반찬통이 하나 둘 쌓여갈수록 갚아야 할 마음들이 차곡차곡 쌓여갔다.

# #
헌
혈
증

수혈에 쓰인 혈액이 상당했기 때문에 비용 또한 만만치 않았다. 다행히 그 비용은 헌혈증으로 대체가 가능했다. 동생은 친구들에게 헌혈증을 부탁했다. 헌혈증을 모으기 위해 많은 사람들이 노력했다. 자신뿐만 아니라 학교 후배들까지 데리고 가서 헌혈을 한 동생 친구도 있었다. 나를 아는 사람, 모르는 사람 할 것 없이 나를 위해 자신의 피를 뽑았다.

나는 O형이기 때문에 O형의 혈액만 받을 수 있었지만, 내가 받은 건 혈액형에 관계없는 따뜻한 마음이었다. A형, B형,

AB형, O형 할 것 없는 많은 사람들의 따뜻한 마음이 나를 살게 했다.

O형은 O형의 혈액만 받을 수 있다. 그러나 다른 모든 혈액형에 혈액을 나눠줄 수 있는 것처럼, 내가 받은 마음들을 어떻게 나누며 살아야 할지 생각이 많아진다.

PART 3

**잃어버렸던 것들을
되찾아가고 있습니다**

불량품

김○○ 조○○ 박○○

벽에 걸린 모니터에는 수술 대기 환자들의 성이 띄워져 있었다. 프라이버시를 위해서인지 이름은 표시되지 않았다. 그토록 고대하던 몸에 박힌 핀을 빼는 날이었다. 수술실 앞에 환자를 실은 침대들이 열을 맞춰 늘어서 있었다. 마치 수리실 입고를 기다리는 불량품들 같았다.

끊임없이 돌아가는 컨베이어 벨트 위에 놓여 흘러가다가, 어느 날 흠이 발견된 것이다. 그렇게 발견된 불량품은 '불량'

낙인이 찍힌 채, 수리실로 향하는 옆 컨베이어 벨트에 따로 옮겨진다. 불량을 수리하고 다시 출고가 되면 좋겠지만 때로는 수리 불가 판정이 날 수도 있고, 어쩌면 그대로 폐기 처분될지도 모른다.

수술실 앞에서 대기하는 동안 별의별 생각이 다 들었다. 저 문으로 들어간 사람 중에 살아서 나오지 못한 사람은 얼마나 될까, 수술하다 마취가 깨면 어쩌지, 배를 열었는데 수술이 불가능하다면 그대로 닫는 걸까. 이런저런 쓸데 없는 생각을 하며 내 순서가 오기를 기다렸다.

간호사가 내 이름을 불렀다. 나로 추정되는 '조○○'이 모니터 화면의 맨 위로 올라가 있었다. 아마 깜박 졸았던 것 같다. 비몽사몽하는 중에 침대는 이미 수술실로 향하고 있었다. 아니, 수리실로 입고되고 있었다. 미끄러지듯 이동하는 컨베이어 벨트 위의 불량품을 다른 불량품들이 물끄러미 바라보고 있었다.

수술실이 추워서인지 아니면 무서워서인지 온몸이 떨렸다. 부러진 뼈를 고정하기 위해 골반 주위에 철심을 빙 둘러 박아놨었다. 이제 그것들을 빼내는 것이다. 마스크를 쓴 의사들이 다가왔다. 마취를 위해 호흡기를 가져다가 댔다. 이번에는 넷까지 세리라고 마음먹었지만 역시 그뿐이었다.

수술이 언제 끝났는지도 모르게 눈을 떠보니 이미 회복실이었다. 흉측했던 철심들은 온데간데 없었고, 그 자리엔 두꺼운 거즈만 붙어 있었다. 속이 다 시원했다. 한동안 나를 침대에 못박아 두었던 철심들이 몸에서 빠져나갔다는 사실에 해방감을 느꼈다.

시야에서 철심이 사라진 풍경은 편안하고 희망찼다. 곧 일어나 걸을 수 있을 것만 같았고, 이제 고생의 끝자락에 거의 다다랐다는 생각을 하게 만들었다. 일희일비하지 말자고 다짐했지만, 터져 나오는 기쁨을 감출 수는 없었다.

가능성

가지고 있는 것을 잃기는 쉬우나, 잃은 것을 되찾기란 쉬운 일이 아니다. 건강도 마찬가지였다. 한번 잃은 건강을 되찾기까지는 상당한 노력과 시간이 필요했다. 본격적으로 재활 치료를 받기 시작하면서, 이전에는 당연했던 많은 것들이 더 대단하고 특별하게 느껴졌다. 그것들을 일일이 열거하자면 끝도 없겠지만 몇 가지만 적어보자면 일어나 앉기, 서기, 걷기, 뛰기, 계단 오르내리기 같은 것들이다. 여전히 불가능한 수많은 동작들은 일일이 다 말할 수도 없다.

내가 사고로 잃은 것들을 나열해보자면 건강, 시간, 꿈, 자존감 같은 것들이지만, 이 모든 것들을 한마디로 요약할 수 있는 말은 '모든 것에 대한 가능성'이다. 다치지만 않았다면 등반가, 다큐멘터리 감독, 다른 무엇도 될 수 있었을 것이다. 이렇게 생각하기 시작하는 순간 나는 졸지에 아무것도 될 수 없는 사람으로 전락해버렸다. 잃은 것과 할 수 없는 것에 집중하면 할수록 잃은 것, 할 수 없는 것들이 더 많이 떠올랐다.

이런 생각에 한 번 잠기면, 머리 끝까지 깊숙이 잠겨 다시 빠져나오기가 쉽지 않았다. 의도적으로 생각을 멈추고 긍정적인 생각들에 집중해야만 했다. 잃은 것을 세지 않고, 아직 내게 남은 것들을 하나씩 떠올리기 시작하면 어쩐지 마음이 조금 나아지는 것 같았다.

그래도 두 손이 멀쩡하니 혼자 세수도 할 수 있고, 이도 닦을 수 있고, 머리도 감을 수 있고, 밥도 먹을 수 있다. 휠체어 바

퀴도 굴릴 수 있고, 혼자서는 조금 버겁긴 하지만 휠체어에
서 침대로 옮겨 앉을 수도 있고, 열심히 운동하면 몇 달 뒤엔
걸어나갈 수 있을지도 모른다. 잘난 얼굴은 아니지만 그래도
크게 상하지 않아서 연애도 할 수 있을지 모르고, 좋은 머리
는 아니지만 그래도 다치지 않아서 사무실에 앉아서 하는 일
정도는 할 수 있겠다.

여전히 내게는 많은 가능성이 남아 있었다.

가장 행복했던 순간

처음으로 휠체어를 탔던 날, 그날의 목적지는 창밖으로 바라만 봤던 병원 내 공원이었다. 작지만 잘 가꾸어져 있는 공원은 환자들과 보호자들, 병문안 온 사람들로 가득했다. 곳곳에서 목청껏 울어대는 매미 덕분에 제법 여름 분위기가 났다. 아빠는 나를 소나무 그늘 밑에 데려다 놓고, 저만치 멀리 떨어진 곳에서 담배를 태웠다. 연기는 바람을 타고 내 코끝에 닿았다. 소나무 향과 섞인 담배 냄새가 싫지 않게 느껴졌다.

얼마나 있었을까, 이내 빗방울이 떨어졌다. 한 방울 두 방울 툭툭 떨어지는가 싶더니 빗줄기가 점점 굵어지기 시작했다. 공원에 있던 사람들은 비를 피해 건물로 들어가기 바빴다. 사람들로 북적대던 공원은 어느새 텅 비어가고 있었다.

아빠는 내게 괜찮으면 좀 더 비를 맞으라고 했다. 그래서 휠체어에 그대로 앉은 채 비를 맞았다. 가느다란 팔뚝의 솜털에는 빗방울이 송골송골했다. 후텁지근하고 건조했던 대기가 금세 시원하고 촉촉해졌다. 어렴풋했던 풀 냄새가 더 짙어졌다. 살아 있어서 다행이라는 생각이 들었다. 잃었던 것을 되찾은 기분이었다. 지극히 당연하게 여겨졌던 것들이 전혀 새로운 인상으로 다가왔다. 팔뚝에 느껴지는 빗방울의 시원한 감촉, 손으로 문질렀을 때의 미끌미끌한 느낌, 굵어지는 빗방울에 점점 더 크게 고개를 떨구는 풀잎, 그리고 다시 고개를 쳐들며 만들어내는 반동의 연속들. 모든 것이 낯설게, 하지만 기분 좋게 느껴졌다. 내리는 비를 맞는 것처럼 누구

나 누릴 수 있는 평범하고 소소한, 어쩌면 조금은 귀찮을지
도 모를 그 순간이 당시의 내게는 특별했다.

너무 당연해서 별다른 의미를 가지지 못했던 것들이 하나 둘
씩 의미를 찾아갔다. 어린아이가 세상을 처음 접할 때의 경
이로움과는 비교할 수 없겠지만, 다 큰 어른이 가질 수 있는
최고 수준의 어린아이다움이었다.

그때까지는 '살면서 가장 행복했던 순간은 언제입니까?'라
는 식상한 질문에 대한 마땅한 답을 찾지 못했는데, 만약 이
질문을 지금 누군가 나에게 묻는다면, 휠체어에 가만히 앉아
내리는 비를 고스란히 맞았던 그 순간이었다고 말하고 싶다.

못난 아들

이전보다 할 수 있는 것이 많아졌다. 혼자 밥도 먹고, 세수도 하고, 샤워도 할 수 있게 됐다. 물론 여전히 휠체어의 도움이 필요하긴 했지만, 그것도 얼마 지나지 않아 필요하지 않게 될 것이다.

하루는 병원 지하에 있는 쇼핑센터를 구경하러 갔다. 출퇴근 시간의 지하철역을 방불케 하는 어마어마한 인파가 오가고 한식, 일식, 중식, 양식 등 온갖 종류의 식당이 늘어서 있었다. 이곳이 병원인지 먹자골목인지 도저히 분간할 수 없을 정도였다. 심지어 대형마트와 은행도 있었다. 골목을 돌아나가자 미용실, 마사지숍, 빵집, 카페, 서점도 보였다. 병원이 아니라 하나의 거대한 도시 같았다.

거동이 가능한 환자와 보호자들, 병문안을 온 사람들, 가운을 입은 의사와 간호사들까지 수많은 사람들이 바쁘게 오가고 있었다. 휠체어는 인파 속을 비집고 천천히 앞으로 나아갔다.

"천안 호두과자, 여기서는 엄청 비싸게 팔아."

"설렁탕 여기서 포장해서 가져간 거야."

"네가 먹은 빵, 여기서 샀던 거야."

엄마는 신이 나 있었다. 기껏해야 병원 지하였지만, 아들과 함께하는 병실 밖 첫 외출이었다. 하지만 나는 그렇지 못했다. 상가 유리창에 비친 나와 엄마의 모습은 초라하게만 보였고, 휠체어에 앉아 있는 나에게 꽂히는 사람들의 시선은

따갑게만 느껴졌다.

삐쩍 마른 몸에 펑퍼짐한 환자복을 걸치고 신발도 신지 않은 맨발로 휠체어에 앉아 있던 나, 그리고 엄마. 바쁘게 오가는 사람들의 한복판에서 나와 엄마가 전시되고 있는 것 같았다. 부끄러웠다.

모처럼 기분이 좋아 보이는 엄마를 속상하게 하고 싶지는 않았지만, 어떻게든 빨리 그 상황을 벗어나고 싶었다. 병실로 돌아가자고 엄마를 보챘다. 그러다 그만 짜증을 내버렸다. 웃음기 가득하던 엄마의 얼굴은 이내 시무룩해졌다.

원래 내성적인 편이긴 했지만, 당시의 나는 심각할 정도로 자신감이 결여되어 있었다. 사람들의 시선을 지나치게 신경 썼고, 사소한 말 한마디에도 예민하게 반응했다. 그것은 의지로 어떻게 할 수 있는 문제가 아니었다. 한번 꺾인 자신감은 쉽게 회복될 것 같지 않았다. 몸은 조금 나아졌는가 싶더니, 정신은 아직 그렇지 못했다. 갈 길이 멀어 보였다.

# #
재활
의
학
과

본격적인 재활 치료를 위해 정형외과에서 재활의학과로 자리를 옮겼다. 재활의학과에는 뇌를 다친 환자들이 많았다. 의식이 있는지 없는지, 똑바로 누워 미동조차 하지 않는 환자들 사이로 이따금 간병인과 보호자들이 오고 갔다.

환자들의 목에는 구멍이 뚫려 있었는데, 그곳으로 액체로 된 음식물을 주입하기도 하고 목에 걸린 가래를 빼내기도 했다. 가래를 빼낼 때면 거의 바닥만 남은 아이스커피를 빨대로 힘껏 빨아들일 때 나는 소리가 났다. 처음 얼마간은 그 소리가 견디기 힘들 정도로 거슬렸다. 밥을 먹을 때 그 소리가 들리기라도 하면 더는 음식물이 목구멍으로 넘어가지 않을 정도였다.

의식이 있는 환자들도 더러 있었다. 한 명은 뇌출혈로 쓰러졌지만 비교적 빨리 응급조치가 되어 어느 정도 일상생활이 가능해진 옆자리 할아버지였고, 또 다른 한 명은 교통사고로 거의 전신이 마비된 맞은편 자리 남자였다.

환자의 보호자들은 서로 많은 이야기를 주고받았다. 그 이야기들을 가만히 듣다 보면, 환자가 병원에 입원하게 된 원인과 현재 상태에 대한 자세한 부분까지 알 수가 있었다. 여섯 명의 환자와 여섯 명의 보호자가 살을 맞대고 지내는 좁은 병실은 그야말로 비밀 없는 열린 공간이었다.

다른 환자들의 사연을 알게 되는 것처럼 당연히 내 이야기도 공개될 수밖에 없었다. 많은 사람의 이목이 나에게 집중됐고,

단순한 관심의 표현이나 진심 어린 응원 같은 것들이 뒤따랐다. 그 당시에는 그러한 관심과 응원이 왜 그리 부담스러웠는지, 최대한 무성의하게 답하거나 아예 대꾸하지 않는 방식으로 외면해버렸다.

그렇게 누워지내는 동안 여러 사람의 사정을 보고 들었다. 그리고 그 사람들에게 나를 비춰보면서 스스로도 알지 못했던 내 모습을 발견할 수 있는 시간을 보냈다.

# #
앞자리 남자

교통사고로 몸을 거의 움직이지 못하는 남자는 서른 중반쯤
으로 보였다. 머리를 박박 깎아놔서 조금 더 어리게 보인다
고 해도, 아마 서른예닐곱을 넘지는 않았을 것이다. 창백한
얼굴과 대비를 이루는 거뭇한 수염 때문인지 어쩐지 더 아파
보였다.

경추를 다쳐 목 아래로는 거의 제대로 기능을 하지 못하는
것 같았다. 손은 약간 움직일 수 있었지만 숟가락을 쥘 수 있
는 정도는 아니었다. 남자는 잘 있다가도 갑자기 신경질을

부리곤 했다. 그 신경질은 어머니가 밥을 먹여줄 때 최고조에 달했는데, 아직 입 안에 있는 음식을 삼키지도 않았는데 숟가락을 들이밀었다고 짜증을 내는 경우가 대부분이었다.

사고의 원인은 음주였다. 대수롭지 않게 운전대를 잡았고, 한순간의 잘못된 판단으로 거의 전부를 잃었다. 자신이 쌓아왔던 모든 노력이 휴지조각처럼 구겨졌고, 오랜 시간 꿈꾸며 그려왔던 미래의 모습들은 형체도 알아볼 수 없을 만큼 처참하게 부서져 버렸다. 단 한 번의 교통사고였다.

'도대체 왜, 왜, 왜' 하고 끊임없이 물었겠지만 돌아오는 답도 '왜, 왜, 왜'였을 것이다. 그렇게 머릿속에서 답도 없는 물음이 계속되었을 것이다. 왜 운전대를 잡았는지, 왜 하필 그날이어야 했는지, 그보다 왜 술을 마신 건지……. 생각하면 할수록 괴로움과 자책감은 더 커졌을 것이다.

외로움은 남자를 더 괴롭게 만들었을 것이다. 시간이 지날수록 찾아오는 사람들의 발걸음도 뜸해지고, 그렇게 사람들의 기억 속에서 점점 잊혀가는 것을 느끼면서 지금까지 쌓아왔던 모든 관계들에 염증을 느꼈을 것이다. 술자리에서는 그렇게 의리가 넘쳤던 친구들도, 명절 때마다 모여 화목하게 담소를 나누던 친척들도, 그 어떤 누구도 그의 고통을 나눠 가질 수는 없었다. 설령 그럴 수 있다 해도 아무도 그러려고 하지 않았을 것이다.

자주 초점을 잃는 두 눈, 발작적으로 찡그리는 얼굴, 매사에 신경질적으로 반응하는 어딘지 모르게 낯설지 않은 익숙한 모습들. 인정하고 싶지 않지만 분명 얼마 전까지의 내 모습이었다. 불편했다. 남을 통해 내 모습을 본다는 것은 상당히 불편한 일임에 틀림없다. 그것은 인정하고 싶지 않은 모습일 때 더욱 그렇다.

휠체어를 탄 의사

회진 시간이었다. 재활의학과로 옮긴 후 첫 회진이었다. 회진이라고 해서 딱히 특별할 것도 없지만, 담당 교수를 만나는 첫 시간이어서 그런지 평소와는 달리 조금 들뜬 기분이었다. "교수님 들어오십니다"라는 간호사의 말에 식사를 멈추고 밥숟가락을 놓았다. 잠시 후, 전동휠체어를 타고 들어오는 남자 뒤로 인턴 의사들과 간호사들이 줄지어 들어왔다.

머리가 희끗희끗한 중년의 남자는 무심한 얼굴로 전동휠체어의 스틱을 조작하며 병실을 한 바퀴 돌았다. 마침내 내 앞에 휠체어가 멈췄을 때, 나는 그 남자가 무슨 대단한 말을 할 거라 기대했었다. 그러나 의외로 회진은 형식적인 몇 마디만을 주고받고 끝났다. 밥은 입에 맞는지, 잠은 잘 잤는지, 오늘부터 재활 치료를 시작할 건데 열심히 해서 꼭 걸어나가라는 정도의 이야기였다. 밥 잘 먹고, 잠 잘 자고, 재활 치료를 열심히 받아야 다시 걸을 수 있다는 것은 의사도 알고 나도 아는 너무도 당연한 사실이었지만, 그 당연한 말이 이상하리만치 가슴에 와닿았다.

의사가 휠체어를 탔기 때문이었을까. 두 다리 멀쩡한 의사가 그런 이야기를 했다면, 아마 이 정도까지의 설득력은 가지지 못했을 것이다. 하지만 그가 휠체어에 앉아 있다는 사실 하나만으로, 지극히 당연할 수 있는 말이 상당한 힘을 가졌다.

유치하지만 자격을 따졌던 것 같다. 겪어보지 않았으면서 쉽게 말을 내뱉는 사람들에게 지쳤는지도 모르겠다. 하지만 그

의사는 내게 그런 말을 할 자격이 충분했다. '나는 비록 걷지 못하지만, 너는 치료만 제대로 하면 얼마든지 걸을 수 있어. 그러니까 엄살떨지 말고 열심히 해'라고 하는 것 같았다.

그날 의사가 내게 해준 당연한 말들이 앞으로 가야 할 길을 보여주고 있었다. 너무도 당연해서 그것이 과연 길일까 싶을 정도로 뻔했지만, 잘 먹고, 잘 자고, 열심히 운동하는 것이야말로 다시 건강해질 수 있는 유일한 방법이었다. 그리고 당연한 것들은 늘 생각보다 쉽지 않은 법이다.

재활 치료실

재활 치료실은 생각보다 활기가 넘쳤다. 커다란 공간에 평상 몇 개가 줄지어 놓여 있고, 그 위에서 재활 치료사의 도움을 받아 운동하는 사람들이 있었다. 사정이 좀 더 나은 사람들은 사이클 머신에 앉아서 페달을 돌리고 있었다. 안쪽에서는 바나나가 그려져 있는 종이를 보고 바나나라고 힘겹게 발음하는 사람이 있었고, 음식물을 손으로 집어서 씹는 연습을 하는 사람도 있었다. 기립기, 그러니까 헬스장에 거꾸로 매달리는 기구 같은 것에 묶여 꼿꼿이 서 있는 사람이 있는가 하면, 보행기를 끌고 어정어정 걸어 다니는 사람도 있었다. 병원에 오게 된 사연은 각자 다를지 몰라도 그들의 목표는 하나였다. 잃어버린 보통의 나날을 되찾는 것.

제대로 단어를 발음하는 것, 물건을 집어 올리는 것, 음식을 씹어 삼키는 것, 두 발로 서고 걷는 것, 그동안 당연하게 생각해왔지만 그 어떤 것도 그냥 주어진 것은 없었다. 그것들은 아무것도 할 줄 모르던 갓난아기 시절부터 오랜 시간에 걸쳐 습득해온 것이다.

재활 치료실에 모인 사람 중 대부분은, 한때 남들보다 더 가지기 위해 건강이 조금 상하는 것쯤은 괜찮다고 생각했을지도 모른다. 하지만 이제는 남들과 같이 보통의 삶을 영위하기 위해 가진 것을 전부 쏟아붓고 있었다. 뉴스에서나 볼법한 사건 사고를 겪은 사람들의 이야기, 성공을 위해 열심히 달리다가 고꾸라진 사람들의 이야기는 안타깝지만 자신과는 상관없는 이야기였을 것이다. 하지만 이제는 그 비운의 주인

공이 나라는 사실에 괴로워 몸부림쳤을 것이다.

그런 사람들이 한데 모여 예전의 평범했던 삶을 되찾기 위해 노력하고 있었다. 단어를 힘겹게 발음하고, 이제 막 걸음마를 시작한 갓난아이보다도 못한 걸음걸이로 걸으며, 언뜻 보면 우스꽝스럽지만 국가 대표 선수 못지 않은 치열함으로 그렇게 각자의 싸움을 이어가고 있었다.

#보행기 재활

어느 정도 다리에 힘이 붙었을 때, 나는 보행기를 끌고 재활 치료실을 돌기 시작했다. 시간이 지나면서 치료실을 벗어나 복도까지 나갔고, 나중에는 한 층 전체를 돌 수도 있게 됐다.

속도는 많이 느렸다. 나는 언제나 다른 환자에게 추월 당하기 일쑤였다. 중간중간 쉬어가는 시간도 필요했다. 힘들면 가다가 멈춰서고 다시 가다가 소파에 앉아 쉬기를 반복했다.

상태가 점점 좋아지면서 보행기를 조금 앞으로 밀어 놓은 채, 손을 살짝 떼고 몇 걸음 옮겨보기도 했다. 그럴 때면 뭔가 대단한 성취를 한 것처럼 기분이 좋았고, 이제 머지않아 아무것도 잡지 않고 걸을 수 있을 것 같았다.

재활 치료가 끝난 후에도 병동을 한 바퀴씩 돌았다. 병실에만 있을 때는 볼 수 없었던 다양한 모습을 볼 수 있어 좋았다. 전자레인지에 음식을 데우고 있는 보호자들, 바쁘게 움직이는 간호사들, 멍하니 앉아 있는 환자들, 내가 아닌 주변 사람들에게 눈을 돌릴 수 있을 만큼 마음의 여유가 생겼다는 것이 다행스럽게 느껴졌다.

활동 영역은 점점 넓어졌다. 내가 있는 병동을 벗어나 다른 병동으로 넘어가보기도 하고 1층 로비에 있는 소파에 앉아서 시간을 보내기도 했다. 병원을 찾은 이 수많은 사람들이 무슨 사연으로 이곳까지 오게 된 것인지, 저 수많은 인파 속 한 사람이었을 아빠와 엄마는 어떤 심정이었을지 생각해보기도 했다.

그렇게 병원을 한 바퀴 돌고 병실로 돌아오면, 나는 피곤에 절어 금세 곯아떨어졌다. 발목도 아프고 기운도 별로 없었지만, 그 나른한 피곤함이 어쩐지 나쁘지 않게 느껴졌다.

# #
자
신
감
한
캔

어린 시절, 나는 학교를 마치면 부모님이 운영하던 가게로 갔다. 나는 소파에 앉아 잠시 눈치를 살피다가, 아빠가 손님들과 이야기를 나누는 틈에 소파 뒤로 돌아가 엄마에게 500원만 달라고 속삭이곤 했다. 그렇게 받은 500원은 동네 분식점에서 컵떡볶이를 사먹고, 학교 앞 문구점에서 오락을 하는 데 쓰였다.

혼자 거동을 할 수 있게 되면서, 나는 왠지 그 시절로 돌아간 것 같았다. 나는 엄마에게 돈을 받아 들고 병실을 나와 병원 구석구석을 누비다가 자판기에서 음료수를 뽑아 먹었다. 혼자 무언가를 할 수 있다는 사실이 뿌듯했다. 항상 먹던 음료의 이름은 자신감이라는 뜻을 가진 컨피던스^{confidence}였다. 특별히 맛있지는 않았지만, 그냥 이름이 마음에 들었다. 혼자 병원을 돌며 운동을 하다가 컨피던스를 마시면, 격렬한 스포츠 경기 후 이온음료를 마시는 듯한 기분이 들었다.

그때 당시 나에게 필요한 건 자신감이었다. 지금은 보행기에 의지해 겨우 걸음을 옮길 수 있는 수준이지만, 곧 보행기 없이도 잘 걸을 수 있을 거라는 자신감. 다시 예전처럼 건강하게 일상으로 복귀할 수 있을 거라는 자신감. 그렇게 나는 컨피던스라는 이름에 의미를 부여하며, 매일 자신감을 한 캔씩 사 마셨다.

# #
행복의 상대성

재활 치료는 생각보다 순조로웠다. 처음에는 더디게 나아지는가 싶더니, 한 번 속도가 붙으니 걷게 되는 데까지 그리 오랜 시간이 걸리지 않았다.

그쯤 되자 나는 병실에서 부러움의 대상이 되어가고 있었다. 내 맞은 편에 입원해 있던 남자는 나를 보며 부럽다는 말을 연신 쏟아냈다. 그 표정에 어찌나 진심이 묻어나 있던지, 뭐라고 대꾸할 적당한 말을 찾지 못하고 대충 얼버무리며 침대로 올라가 누워버리곤 했다.

사람은 아플수록 속마음을 숨기지 못하는 것 같다. 좋으면 좋은 대로, 싫으면 싫은 대로 표정에 고스란히 드러난다. 나를 부러운 눈빛으로 바라보는 그의 표정은 꾸며낸다고 해서 꾸며낼 수 있는 것이 아니었다. 이제는 익숙해져버린 걷는다는 행위가 누군가에게는 여전히 그토록 간절한 것이었다. 그런 의미에서 모든 행복은 상대적이다.

날이 갈수록 상황은 좋아졌지만 나는 그에 비례해서 행복해지지는 않았다. 평범했던 이전의 생활을 하나 둘씩 찾아가는 소소한 즐거움을 느낄 겨를도 없이 금세 조바심이 났기 때문이다. 사람 일이란 게 참 얄궂다. 하나의 목표이자 지향점이었던 지점에 다다르면, 더 멀리 있는 목표를 향해 달리느라 마음 놓고 기쁨을 누릴 여유가 없다. 욕심에는 끝이 없다.

몸이 거의 온전해진 지금도 마찬가지다. 단순히 걷는 것에서 그치는 것이 아니라 절뚝거리지 않으면서 걷고 싶고, 더 나아가 숨 가쁘게 한 번 달려보고 싶다.

물론 알고 있다. 할 수 있는 것보다 할 수 없는 것들에 더 집
중하면 아쉬움은 점점 커지고, 인생은 그에 비례해서 불행해
진다는 것을.

그걸 알면서도 참 쉽지가 않다.

분홍색 보자기

아침은 하루 중 가장 어수선한 시간이다. 재활 치료를 받으러 떠날 준비를 하느라고 병실의 아침은 일찍부터 분주했다. 환자마다 따로 공간이 분리되어 있는 것이 아니기 때문에 세수를 하는 환자, 이를 닦는 환자, 식사를 하는 환자의 모습들이 하나의 풍경 안에 뒤섞여 있었다.

아침은 직접 환자를 돌보지 못하는 환자의 가족들이 찾아오는 시간이기도 했다. 어떤 이는 매일, 어떤 이는 며칠에 한 번, 어떤 이는 주말에 환자를 찾아왔다. 그중에는 자그마한

체구에 하얀 모시옷을 걸치고 아침마다 아들을 찾아오는 할머니가 있었다.

할머니는 항상 낡고 헤진 분홍색 보자기를 들고 오셨는데, 유난히 보폭이 작은 걸음으로 병실로 들어와서 곧장 아들이 누워 있는 침대로 향했다. 뇌출혈로 쓰러진 아저씨는 엄마가 왔다는 사실을 아는지 모르는지, 초점 잃은 두 눈을 무심하게 꿈벅일 뿐이었다.

할머니는 천장만 바라보며 누워 있는 아들의 얼굴을 한참 바라보다가, 며느리에게로 시선을 돌려 이런저런 이야기를 이어갔다. 밥은 잘 먹는지, 잠자리는 불편하지 않은지 하는 소소한, 하지만 병원 생활의 전부라고 할 수 있는 것들을 물으며 며느리를 살폈다. 특별히 감정이 드러나는 대화는 아니었지만, 그 짤막한 몇 마디에 미안한 마음도 고마운 마음도 모두 느껴지는 것 같았다.

대화의 끝자락 즈음 할머니는 낡고 헤진 분홍색 보자기를 풀었다. 보자기는 며느리에게 줄 반찬통으로 가득했다. 반찬통을 냉장고에 넣고 빈 보자기에 다 먹은 반찬통을 챙겼다. 할머니는 아들에게 엄마 간다며, 며느리에게는 내일 다시 오겠다며 인사를 하고 병실을 나섰다. 그 뒷모습이 어쩐지 쓸쓸하게 느껴졌다.

# #
소
란

그날도 병실은 아침부터 시끌시끌했다. 주말이라 병원을 찾은 사람들이 더 많은 탓도 있었지만, 창가 쪽 자리는 유난히 더 소란스러웠다. 무슨 일이라도 생겼는지 짧은 탄성이 몇 번이나 이어지고, 간호사를 부르는 소리도 들렸다.

사건의 전말은 이랬다. 주말을 맞아 온 가족이 면회를 왔다. 아들이 아빠에게 이름을 써보라며 펜을 쥐여줬고, 종이를 가져다 대자 본인의 이름을 적었다. 3년 만이었다.

아주머니는 종이를 들고 병실을 한 바퀴 돌았다. 사랑하는 사람이 3년 만에 말을 알아듣고 이름을 썼을 때의 기쁨을 나는 알 수 없었다. 그러나 아주머니의 모습을 보고 어느 정도 짐작할 수는 있었다. 기쁨을 표현하는 표정이나 몸짓이 영화처럼 드라마틱하지는 않았지만, 충분히 감동적이었다.

아주머니가 들고 온 종이를 확인한 나는 좀 당황스러웠다. 이름을 썼다고 할 수 있는 정도가 아니었기 때문이다. 그것은 낙서에 가까웠다. 흰 종이에 퍼져나간 잉크의 흔적은 너무나 불규칙적이어서 글자라고 하기엔 많이 부족해 보였다.

간호사들의 생각도 비슷한 것 같았다. 간호사들이 보여준 무심한 태도를 보면 이런 경우가 종종 있었는지도 모른다. 사실, 아직도 잘 모르겠다. 정말 의식이 있어서 말을 알아듣고 이름을 쓴 것인지, 아니면 단순한 발작의 흔적이었는지.

가족들에게는 붙잡고 버틸 수 있는 희망의 단서가 필요했는지도 모른다. 혹은 그동안의 수많은 시도를 통해 미세한 차이를 감지한 것일 수도 있다. 그 차이를 감지할 만큼의 관심이 없었던 나는, 그것을 파악할 길이 없었다.

모두 환자일 뿐이다

병실은 사람의 배경이 무색해지는 곳이다. 사회에 있을 때의 각종 타이틀은 더 이상 의미를 갖지 못한다. 무슨 일을 했건, 어떤 삶을 살았건, 그런 것들은 더 이상 중요하지 않다. 입원한 순간 모두 환자일 뿐이다.

같은 병실 환자 중에는 젊은 의사가 한 명 있었다. 잘생긴 얼굴에 의사라는 직업까지 갖춘 소위 엄친아였다. 그는 출근길에 교통사고를 당했다. 차도 사람도 거의 상하지 않은 가벼운 사고였다. 하지만 외상만 없었을 뿐, 사고의 충격으로 몸을 제대로 움직일 수 없는 상태가 됐다. 하루아침에 환자를 돌보는 자리에서 돌봄을 받는 자리에 있게 된 것이다.

작은 접촉 사고 한 번에 성실하게 쌓아왔던 날들이 완전히 무너져버렸다. 대단한 잘못을 했던 것도 아니다. 운이 조금 나빴을 뿐이다. 세상에는 커다란 잘못을 저지르고도 잘만 살아가는 사람들도 허다하지만, 특별히 잘못한 것이 없는데도 불구하고 힘든 삶을 살아야 하는 사람들도 많다.

의사의, 아니 환자가 된 그의 의식은 또렷했다. 병문안 온 사람들과 대화를 나눌 수도 있을 정도였다. 무슨 말을 하는지는 잘 들리지 않았지만, 끊임없이 웅얼거리며 의사 표현을 하기도 했고 가끔은 웃기도 했다. 자신의 거의 모든 것을 잃었음에도 불구하고 의외로 밝고 씩씩했다.

그의 얼굴에서 그늘이라곤 찾아볼 수 없었다. 그런 자세로 지금까지 살아왔을 것이리라. 그는 평생 동안 몸에 들인 긍정의 태도로 다시 한 번 일어서려 하고 있었다.

병실의 배경은 흰색이지만 환자들의 배경은 가지각색이다. 하지만 결국 모두 같은 흰색 배경에서 다시 시작해야 한다. 그동안 쌓아왔던 것들을 뒤로한 채 완전히 처음부터였다. 쉽지 않은 여정이 되겠지만 출발해야만 한다. 나도 그랬고 한때 의사였던 그 사람도 그랬다.

# #
낯설지만 따뜻한

웃는다.

의식이 없는데 어떻게 알았는지 여자친구만 오면 희미하게 웃는다. 묘한 일이다. 의식이 없는 환자들은 대개 표정 변화 없이 가만히 누워 있기 마련인데, 이 사람은 뭔가 좀 다른 것 같았다. 무심한 얼굴로 가만히 누워 있다가도 여자친구만 오면 배시시 웃었기 때문이다. 단순한 착각인가 싶었지만, 어쩐지 착각이 아닌 것 같은 기분이 들었다.

뽀얀 피부에 뚜렷한 이목구비를 가진 상당한 미남이었다. 여자는 물론 남자들에게도 꽤나 인기가 있을 것 같은 남자다운 얼굴이었다. 2년 전쯤, 데이트 약속 장소로 가다가 쓰러진 후로 일어나지 못하고 있었다. 갑작스런 뇌출혈이 원인이었다. 두 사람은 약속했던 장소가 아닌 병원에서 만났다. 둘 중 누구도 예상하지 못한 장소였을 것이다. 사람 일은 정말이지 한 치 앞을 내다볼 수 없다. 어제는 당연했던 것이 오늘은 당연하지 않을 수도 있으니 말이다.

여자는 퇴근 후 거의 매일 병실을 찾았다. 남자가 알아듣거나 대답하진 못하지만 계속해서 말을 걸었고, 남자의 어머니와 이런저런 이야기를 나누다 돌아갔다. 이미 오래 전에 사람들의 발길이 끊겨버린 병원 생활의 쓸쓸함을 달래주는 유일한 사람이었다. 여자는 남자친구에게도, 그 어머니에게도 최선을 다했다. 주말이면 도서관에 가서 남자친구의 병에 관련된 서적을 읽고 어머니에게 이런 게 좋다더라 저런 게 좋다더라 설명을 해주곤 했다. 거의 대부분의 시간을 남자친구를 위해 쏟고 있는 듯했다. 사랑도 인스턴트처럼 하는 요즘 같은 때에 아직도 그런 사람이 있다는 사실이 낯설면서도 따뜻하게 느껴졌다.

하루는 남자의 어머니가 이만하면 됐으니 그만 오라고 했다. 각자의 삶이 있으니 그만 잊으라는 말이었다. 여자친구는 부드럽게 하지만 야무지게 대답했다. 이렇게 나만 오면 좋아하는 애를 두고 어떻게 그러냐고. 그가 내 얼굴을 알아보고, 내 말을 들을 수 있을 때까지 기다렸다가 그만 올 거란 이야기를 직접 하겠다고 했다. 그 마음이 참 대단하고 예뻤다. 눈 딱 감고 돌아서면 그만인 남녀 사이인데, 그 인연의 끈을 놓지 않고 끈질기게 잡고 있었다. 그만둬도 뭐라 할 사람도 없고, 그만하면 충분히 할 만큼 했다고 오히려 위로받아 마땅한데도, 멈출 생각이 없어 보였다. 남자는 병마와 혼자 싸우는 것이 아니었다. 남자의 어머니도 남자의 여자친구도 함께 싸우고 있었다.

## PART 4

다시 찾아온
나의 보통날에게

\#
새로운 시작

새로 입원한 병원의 첫인상은 생각보다 나쁘지 않았다. 시설도 깨끗한 편이었고 복도에서 마주친 환자들의 상태도 그리 중증이 아닌 것처럼 보였기 때문이다. 담당 의사와의 짧은 면담 후, 병실을 배정받고 자리를 골랐다. 창가 자리는 늘 인기가 있어서 대기를 걸고 한참을 기다려야 옮길 수 있었다. 그런데 운 좋게 병실이 출입구 쪽 한 자리를 제외하고 텅 비어 있어 햇빛이 잘 드는 창가 자리를 골라 짐을 풀었다.

모든 것이 만족스러웠다. 전처럼 복닥거리지 않는 여유로운 공간 하나만으로 어쩐지 마음이 편안해지는 것 같았다. 재활만 열심히 하면 퇴원할 땐 걸어서 나갈 수 있을 거라는 생각이 들었다. 지금까지 견뎌온 시간에 비하면 이제부터는 아무것도 아닐 거라는 막연한 자신감이 있었던 것 같다.

점점 집에 가까워지고 있었다. 앞이 너무 어두워 아무것도 보이지 않던 때가 있었지만, 어둠이 조금씩 걷히고 있다는 게 느껴졌다. 속도가 좀 더디긴 했지만, 머지 않아 잃어버렸던 모든 것에 닿을 수 있을 것만 같았다. 어쩐지 기분 좋은 시작이었다.

뻔한 질문

병실에는 갑옷같이 생긴 몸통 보호대를 하고 있는 아저씨가 한 분 계셨다. 아저씨는 산악 사고로 병원에 입원하게 됐다고 했다. 한겨울에 산을 오르다가 미끄러져서 한참을 굴렀다고. 허리가 부러졌지만 꽤 오랜 시간의 재활 덕분에 이제는 일상생활을 하는 데 크게 무리가 없는 상태였다. 다만, 장시간 앉아 있거나 서 있기는 아직 힘들었다.

어느새 추석이 코앞으로 다가와 있었다. 대화는 자연스레 추석에 관한 것으로 이어졌다. 고향은 어딘지, 이번 명절에 고향에 갔다 올 계획이 있는지 등등. 나는 아직 몸이 다 낫질 않아서 집에 갔다 올 형편은 못 되었다. 아저씨는 잠깐 갔다 올 수도 있지만, 별로 가고 싶은 마음이 없다고 했다. 몸이 불편한 것도 문제지만 친척들이 이것저것 질문할 것을 생각하면 마음이 편치 않기 때문이었다. 몸은 좀 괜찮냐, 후유증은 없냐, 앞으로는 어쩔 계획이냐, 생각만 해도 머리가 지끈거린다고 했다.

나라고 별반 다를 것 같지 않았다. 뻔한 질문에 뻔한 답을 주고 받는 불편한 자리가 머릿속에 그려졌다. 그래도 마음 한편으론 가족들과 마주할 그 날이 기대되기도 했다. 조금 뻔하고 지루해도 괜찮으니, 그냥 예전처럼 평범한 일상으로 돌아가고 싶었다.

# #
불
빛

내가 있던 재활 병원은 번화가에 있었다. 낮에는 조용했지만 밤이면 창 밖으로 수많은 불빛들이 번쩍였고, 부장님, 차장님을 부르는 술에 취한 목소리들이 불 꺼진 병실 안을 가득 메웠다. 창 하나를 사이에 두고 있었지만 그곳은 내가 닿을 수 없는 또 하나의 세상인 것만 같아 잠이 오지 않는 밤들이 계속되었다.

언제나 불빛은 저만치서 타오르고, 나는 그걸 지켜만 보는 입장이라는 생각이 들었다. 군대에서 초소 근무를 할 때는 멀리서 빛나는 도시의 불빛을 바라보며 가족들과 친구들을 그리워하고, 하늘과 바다가 구분되지 않을 만큼 짙은 어둠 속에서 오징어잡이 배의 불빛을 바라보며 잡히지 않는 군 전역 후의 생활을 그리워했다. 그리고 이제는 병원 침대에 누워 창밖으로 비치는 밤거리의 불빛을 바라보며, 학교를 졸업하고 직장에 다니는 평범한 삶을 그리워하고 있었다.

지금은 내가 술 취한 목소리로 부장님 차장님을 부르며 밤거리를 누비고, 당시엔 전혀 그려지지 않아 불안했던 미래를 아무렇지도 않게 누리고 있다. 하지만 여전히 어둡고 불빛이 멀게 느껴진다. 그렇게 나는 언제나 지금 여기가 아닌, 저기 어딘가에 마음을 뺏긴 채 살고 있는 것 같다.

나는 술에 취해 흐리멍덩해진 눈으로 재활 병원의 불 꺼진 창문을 올려다보곤 한다. 창밖의 세상을 그리워하며 잠 못 이루던 그때의 내 모습을 떠올린다. 내가 이토록 지긋지긋해

하는 지금의 삶을 그때의 나는 무척이나 바랐다는 것을 잊지
말자고 다시 한번 다짐하면서.

# #
절망하지 맙시다

혼자 운동을 할 때면 항상 노래를 들었다. 운동이라고 해봐야 보행기를 붙잡고 어정어정 걷는 것이 고작이었지만, 단순 반복되는 동작으로 시간을 보낼 때는 역시 노래만한 것이 없었다.

당시 내 플레이리스트에는 다이나믹 듀오의 노래가 참 많았다. 그중 가장 자주 들었던 노래는 〈절망하지 맙시다〉였다. 딱히 힙합을 좋아하는 건 아니었지만, 노랫말 하나하나가 나에게 하는 이야기 같았기 때문에 반복해 들으며 힘을 얻었다.

친애하는 여러분께 이 말씀을 드리고 싶습니다. 절대로 절망하지 맙시다. 운명은 강도, 날 찌르고 내 모든 것을 뺏어. 발가벗기고 차가운 세상으로 내쳐. 아무리 외쳐봐도 고통 속엔 나 혼자뿐. 고독은 날 또 다시 들어 메쳐. 가버린 사람 떠나버린 사랑, 타락, 날 계속 잡아 끄는 깊은 패배의 나락. 하지만 나는 잘 알아 이게 끝은 아니잖아. 언제나 깊은 절망은 위대한 성공의 시작.

당시 내가 있던 병원은 저녁 시간 이후로는 재활 치료실이 개방되어 있었는데, 나는 같은 노래를 반복해서 들으며 어두워진 재활 치료실을 돌고 또 돌았다. 그곳에는 나 말고도 많은 사람들이 있었는데, 나를 포함한 모두가 노래 가사의 주인공인 것처럼 느껴졌다.

# #
엄마의 쇼핑

하루는 엄마가 티셔츠를 사왔다. 'Home Movie Star'라고 프린팅 되어 있는 티셔츠였다. 'Home'은 우측 상단에 작게 쓰여 있고 'Movie Star'는 가운데에 크게 쓰여 있었다. 엄마는 이게 퇴원복이라고 했다.

환자복을 입고 지낸 지도 꽤 오랜 시간이 흘렀다. 처음엔 바지를 입고 벗을 수가 없어서 옆면을 끈으로 묶는 형태의 환자복을 입었다. 골반에 박힌 핀을 빼고부터는 보통의 환자복을 입을 수 있었고, 이제는 그마저도 벗을 준비를 하고 있다.

엄마가 티셔츠를 사온 곳은 병원 근처에 있는 카페거리였다. 밤이 되면 불빛이 은은하게 비추는 분위기 좋은 곳이라고 했다. 엄마는 그 거리를 나와 함께 거닐어보고 싶다고 이야기했다. 퇴원할 때쯤이면 같이 가볼 수 있지 않을까 싶었지만, 생각만큼 건강 상태가 빨리 좋아지지 않아서 끝내 가보지는 못했다.

엄마의 쇼핑은 계속 됐다. 어떤 날에는 반팔티와 반바지를 사오기도 했고, 캡슐 커피 머신을 사오기도 했다. 그런 모습을 보고 있으면 기분이 좋았다. 이제는 일상의 소소함을 챙길 수 있을 정도로 엄마의 마음에 여유가 생긴 것 같았기 때문이다. 그렇게 엄마는 희망을 하나씩 사 모았다.

엄마는 아들을 병원에 두고 이것저것 구경하러 다니는 것이 미안했는지 무슨 이런 엄마가 다 있냐며 자책했다. 하지만 나는 엄마가 더는 미안해하지 말고 당신이 가지고 싶은 걸

가지고, 당신이 즐거운 일을 했으면 하는 바람이었다.

그때까지 엄마의 관심사는 오로지 나뿐이었기 때문에, 나를 제외한 모든 것들은 엄마의 삶에서 철저하게 밀려나 있었다. 물론 엄마에게는 앞으로도 자식이 우선이겠지만, 그래도 자식이 아닌 다른 것들을 생각할 여유를 가졌으면 했다.

하루빨리 보통의 건강한 사람으로 돌아가서, 엄마의 삶에서 배제되어 있던 많은 것들을 회복시켜주고 싶었다.

# #
끝
내
하
지
못
한
말

하루는 엄마가 핸드폰에 저장된 할아버지 사진을 보여줬다. 휠체어에 앉아 있는 할아버지는 햇살에 눈이 부셨는지 눈을 약간 찡그리고 계셨다. 기분이 좋아도 '허' 하고 한 번 웃으실 뿐 감정 표현이 별로 없으셨던 분이다.

어느 날, 제사를 지내기 위해 친척들이 모인 자리에서 할아버지는 내가 오지 않은 이유를 물으셨다고 한다. 모두가 어쩔 줄 몰라하는 가운데, 친척 어른 중 한 분이 모두가 애써

숨겨왔던 사실을 이야기하셨다. 며칠 뒤 할아버지는 쓰러지셨다. 그리고 3년의 긴 투병 끝에 돌아가셨다. 사고가 없었다면 할아버지가 돌아가시는 일은 없었을 거라는 생각이 나를 괴롭혔다.

퇴원 후, 할아버지를 거의 매주 찾아뵈었다. 병원 침대에 힘없이 누워 계신 할아버지를 볼 때마다 죄송하다는 말을 하고 싶었지만, 끝내 말이 되어 나오지는 않았다. 할아버지는 말없이 쭈뼛거리고 있는 나를 측은한 눈길로 바라봐주셨는데, 그럴 때마다 먼저 말 걸며 살갑게 다가가지 못하는 내 자신이 그렇게 싫을 수가 없었다.

진심은 말로 표현하지 않아도 전해진다고 생각해왔다. 하지만 결국 말하지 않으면 아무것도 전해지지 않는다. 질문에 대한 답은 언제나 단답형이었고, 대화는 오래가지 못했다. 그렇게 함께 있는 시간은 어색하게만 흘러갔다.

시간이 지나도 달라지는 것은 없었다. 할아버지가 병원에 입원해 계신 동안 주고받은 대화는 거의 비슷했다. 지낼만 하세요? 불편한 데는 없으시죠? 몸은 좀 어떠세요? 금방 좋아지실 거예요, 힘내세요, 따위의 반복.

내가 병원에 있을 때 그토록 듣기 싫어했던, 별 의미없이 내뱉는 말들을 내가 하고 있었다. 할아버지의 건강 상태는 좋아졌다 나빠지기를 반복했지만, 다시 좋아지긴 어려워 보였다. 이미 지칠 대로 지친 모습이셨다. 숨을 몰아쉬는 할아버지를 지켜보다가, 다음 주에 또 오리라 이야기하고는 병실을 나왔다.

그것이 할아버지와의 마지막 만남이었다. 고맙다, 죄송하다, 다음번에 왔을 때는 마음속에 있는 이야기들을 조금 꺼내보리라 생각했지만, 그런 시간은 다시 주어지지 않았다.

# #
짐

퇴원날이었다. 아직 몸이 완전히 낫지는 않았지만, 집 근처 재활 병원에 통원 치료를 다니고, 헬스장에 등록해서 열심히 운동한다는 조건이 붙은 퇴원이었다.

가족들은 짐을 챙기느라 아침부터 분주했다. 단출한 병원 살림이라고 생각했는데, 막상 짐을 싸다 보니 여러 번에 나눠서 옮겨야 할 만큼 짐이 많았다. 짐을 싸는 모습을 지켜보면서, 내가 가족들에게 짐이 되지 않아서 다행이라는 생각이 들었다. 어쩌면 걷지 못하게 될 거라는 이야기를 들었을 땐 가족들, 특히 동생에게 짐이 될까 걱정했던 적이 있었다. 그 말대로 되었다면, 나는 아마 어떤 짐보다 무거운 짐이 됐을 것이다.

하지만 이제는 목발을 짚고 걸을 수 있었다. 머지않아 목발도 필요 없어지는 날이 올 것이다. 혹시나 짐이 되지 않을까 마음 졸였던 기억도, 불투명한 미래를 걱정하며 잠 못 이뤘던 밤들도, 이제는 상자 안에 차곡차곡 담아 병원 한편에 남겨 두고 떠날 시간이었다. 암울한 상황 가운데서도 간직하고 싶은 기억들, 앞으로의 새로운 시작을 위해 필요한 마음가짐 같은 것들만 챙겨서 빨리 병원을 떠나고 싶었다.

# #
집으로

드디어 집에 왔다. 집을 나설 때는 이렇게까지 오랜 시간이 걸릴 줄은 몰랐다. 이렇게 한참 걸릴 줄 알았더라면 처음부터 나오지 않았을 텐데.

현관에는 눈에 익은 신발들이 보기 좋게 정돈되어 있었다. 현관에서 바로 보이는 내 방문의 살짝 열린 틈으로 어린 시절부터 사용했던 침대가 보였다. 방문을 열고 들어가자 인형 뽑기 기계로 뽑았던 인형들이 전자 피아노 위에 나란히 늘어서 있었고, 이미 오래 전부터 선반으로 쓰고 있던 책상 위에는 이런저런 잡동사니들이 올려져 있었다. 졸졸거리는 물소리로 잠 못 이루게 하던 항아리 인형도 그대로였다. 거실에 걸린 가족사진 액자에는 행복했던 추억이 고스란히 담겨 있었다. 많은 것이 그대로였다. 마치 어제 집을 나갔다가 오늘 돌아온 것처럼 당연하고 익숙한 풍경이었다.

집에서의 생활은 모든 것이 만족스러웠다. 창으로 들어오는 아침 햇살에 눈 비비며 일어나는 일은 며칠을 반복해도 질리지 않았다. 이것은 분명 모두에게 허락된 기쁨이 아니었다.

평범한 모든 것들이 이처럼 특별하게 느껴질 수가 없었다. 식탁에 앉아 밥을 먹는 일, 소파에 기대어 TV를 보는 일, 침대에 누워 책을 읽는 일, 모든 것이 특별한 즐거움으로 가득했다. 반복되는 일상에 지루함을 느껴 항상 특별한 무언가를 찾아 헤매곤 했는데, 그 특별함은 이미 평범함 속에 깃들어 있었다. 너무 많이 돌아왔다는 생각이 드는 것도 사실이다. 많은 것을 잃었다. 일일이 다 헤아릴 수도 없다. 하지만 결국 다시 보통의 삶을 얻었다. '이것으로 된 것인가?'라고 스스로에게 물으면, 약간의 망설임은 있었지만 결국 나의 답은 '이것으로 충분하다'였다.

소소한 행복

중환자실에 누워 있던 내게 뭘 가장 하고 싶냐고 물었을 때, 내가 했던 말은 우습게도 "목 베개 베고 TV 보고 싶어"였다. 생사의 갈림길에서 가장 하고 싶었던 것이 목 베개 베고 TV 보는 일이라니. 참으로 소박하기 그지 없었다.

목 베개는 무슨 강아지 같기도 곰 같기도 한, 아무튼 동물 모양이었다. 목 베개는 병원에 입원해 있는 동안에도 줄곧 나의 베개 역할을 했는데, 가운데 동그랗게 뚫린 구멍 덕분에 원형 탈모가 생겼던 나에게는 더할 나위 없이 좋았다. 목 베개는 오랜 시간 내 머리를 지탱해오다가 이제는 한쪽 면의 실밥이 거의 다 풀려 애꾸 눈이 되었지만, 여전히 나의 목을 포근하게 감쌌다. 소파에 반쯤 눕다시피 기대앉아서 목에 베개를 감고 TV를 보고 있노라면 그렇게 편안하고 행복할 수가 없었다.

생각해보면 행복이란 별게 아니었다. 밥을 먹고, 잠을 자고, TV를 보는 모든 순간이 곧 행복이었다. 다만, 매일 반복되는 일상의 익숙함에 속아 자신이 얼마나 행복한 사람인지 잠시 잊었던 것 뿐이다.

불행인지 다행인지 사고를 통해 이제는 일상이 곧 행복이라는 사실을 알게 되었지만, 어느 순간 또다시 익숙해져 결국에는 잊고 지내게 될 것이다. 훗날 반복되는 일상이 지겹다고 느껴질 때가 오면, 평범한 일상을 간절하게 그리워했던 그때를 떠올리며 사소한 것에도 늘 감사한 마음을 가지고 살아야겠다.

엄마의 의자

퇴원은 했지만 혼자 힘으로 걸을 수 있을 정도는 아니어서 집에서는 보행기를 끌고 다니고, 밖에서는 목발을 짚고 다녔다. 보행기와 목발이 있어 그런대로 일상생활은 할 수 있었지만, 샤워를 하기 위해서는 앉아 있을 의자가 필요했다.

병원 샤워실에는 물을 흘려 보낼 수 있도록 군데군데 구멍이 뚫린 플라스틱 의자가 있었다. 하지만 집에는 마땅히 쓸 만한 것이 없었다. 그때 눈에 들어온 것이 거실에 놓인 커피테이블에 딸린 작은 의자였다. 비가 오는 날이면 창 밖을 바라보며 커피를 마시겠다고, 엄마가 꽤 비싼 값을 치르고 사놓았던 의자였다.

엄마의 낭만을 담고 있던 의자는 발가벗은 나의 엉덩이를 담당하게 되었다. 덕분에 나는 편하게 샤워를 할 수 있었지만, 왠지 엄마의 낭만을 깔아뭉갠 것만 같아 씁쓸한 기분이 들었다. 우아한 자태를 뽐내던 의자는 점점 시트가 갈라지고 녹슬어 갔다. 가끔은 의자가 엄마처럼 느껴져서 마음이 편치 않았다. 나 때문에 자신은 점점 녹이 슬어가는데도 불평 한마디 없이 묵묵히 나를 떠받치고 있는, 엄마와 의자는 닮아 있었다.

얼마 후, 나는 몸이 많이 회복 되어 의자가 더 이상 필요하지 않게 되었다. 그렇게 나의 시야에서 사라지면서 마음에서도 사라져버렸고, 언제 아픈 적 있었냐는 듯 뻔뻔한 얼굴로 거울을 바라보며 건강해지고 있는 모습에 만족했다. 그렇게 의자도 엄마도 내 삶에서 차지하는 비중이 줄어들었다.

그리고 지난달 집에 갔을 때, 빨래가 널린 의자를 베란다에서 발견했다.

피카츄 백만볼트

지금도 잊을 만하면 찾아오는 신경통으로 밤잠을 설친다. 찌 릿한 통증이 발끝부터 시작돼서 엉덩이까지 올라온다. 심할 때는 그 찌릿한 느낌이 며칠씩 계속될 때도 있다. 혼자 있을 때는 그래도 괜찮지만, 다른 사람들과 있을 때는 나도 모르 게 인상을 찌푸리거나 몸을 움찔거려 난처한 경우도 있다.

무얼 해도 집중이 되지 않는다. 찌릿한 감각과 함께 사고가 있던 날의 기억도 찾아온다. 긴 병원 생활의 기억도 같이 따 라온다. 조금 참아 보다가 안되겠다 싶으면, 처방 받아뒀던 신경통 약을 찾아 반으로 쪼개서 먹는다. 그래도 통증이 계속되면 나머지 반을 마저 먹는다. 그런다고 통증이 가라앉는 건 아니다. 그저 조금 무뎌질 뿐이다.

통증으로 잠 못 이루는 밤이면 병원에서 보냈던 숱한 시간들이 떠오른다. 분명 힘들었던 시간이지만, 이제는 이렇게 통증이 찾아올 때만 생각나는 추억 같은 것이 돼버렸다며 마음을 달래본다. 어쩌면 그때의 일을, 그때 했던 생각들을 잊지 말라고 이렇게 가끔씩 아픈지도 모른다며 감상에 젖기도 한다.

동생은 나에게 이런 증상이 찾아올 때면 피카츄라고 불렀다. '피카츄 백만볼트!'라고 외치며 너스레를 떨었다. 찌릿한 감각이 올라오면 온몸이 뻣뻣하게 굳어진 채로 발버둥을 쳤지만, 이내 그 한마디에 웃음을 터뜨리곤 했다.

피카츄 백만볼트를 외치던 동생이 보고 싶은 밤이다.

그날의 영상

혹시나 하는 마음에 구글에 사고 날짜와 사고 장소를 검색해봤다. 등산을 하다 구조 헬기를 목격했다며 다들 안전하게 등산하라고 쓴 글도 발견하고, 구조 헬기가 산 주위를 맴돌고 있는데 사고 현장에 접근하기 쉽지 않은 것 같다는 글도 발견했다. 그 중 사고 영상이라는 글이 있어 클릭해 들어가 보니, 구조대의 카페였다. 비공개 카페였지만 검색을 통하면 몇몇 게시글은 볼 수 있었다. 영상을 재생하자 심폐 소생술을 하는 구조대원의 모습이 보였다. 저 멀리서 울고 있는 것 같은 친구의 모습도 보였다. 헬기는 또 언제 오냐고 다그치는 선배의 모습도 보였다. 하늘 위에는 헬기가 한 대 떠 있었는데, 방금 이륙한 듯 바람이 거세게 불고 있었다. 아마 나는 그 헬기에 타고 있었을 것이다.

구조 당시 나는 의식이 있었다고 한다. 목이 마르다고 물을 찾으며 끊임없이 욕을 내뱉었다고. 나를 먼저 구조했던 것은 살릴 수 있는 가능성이 조금 더 컸다고 판단했기 때문이 아니었을까.

게시글에는 병원으로 이송했지만 둘 다 고인이 되었다고 쓰여 있었다. 기사 아래에 고인의 명복을 빈다는 댓글과 고생하셨다는 댓글 몇 개가 달려 있었다. 그 후로도 나는 가끔 그 영상을 보았고 사고가 난 날이면 어김없이 영상을 검색했다. 그러다가 어느 순간부터 검색을 멈췄다.

\#
마
지
막
수
술

시간은 생각보다 빨리 흘러갔고 사고에 대한 기억들도 점점 흐릿해졌다. 하지만 여전히 몸속에는 몇 개의 핀이 남아 있었다. 핀이 몇 개 있다고 생활하는 데 지장이 있는 건 아니었지만, 어쩐지 마음이 불편했다.

핀을 빼기 위해 병원에 입원했다. 오랜만에 다시 찾은 병원이었다. 침대에 실려 검사실로 향하던 모습, 휠체어를 타고 멍하니 사람들을 구경하던 그때의 내 모습이 보이는 듯했다.

핀은 골반에 두 개, 발목에 두 개가 남아 있었다. 핀은 볼트와 너트로 구성되어 있는데, 골반에 있던 핀의 너트는 그대로 두기로 했다. 살이 엉겨붙어 있어서 그대로 놔두는 편이 좋을 것 같다는 소견이었다.

몇 가지 검사를 마치고 수술실로 향했다. 한두 번 수술해본 것도 아닌데 긴장되기는 마찬가지였다. 돌이켜보면 여러 번의 수술을 받으면서 떨리지 않았던 적은 한 번도 없었다. 이번이 마지막이라고 생각하니 속이 후련했지만, 한편으론 아쉽기도 했다. 안 좋은 일로 오게 됐던 곳이지만, 안 좋은 기억으로만 가득한 곳은 아니었다. 고마운 많은 얼굴들이 스쳐지나 갔다.

수술은 성공적으로 끝났다. 이제는 정말 끝이었다. 어둡고 긴 터널 끝에 희미하던 출구가 이제는 코앞에 있었다. 한발만 더 내디디면 된다. 손을 뻗으면 잡히는 거리였다. 하지만 희망은 손가락 사이로 빠져나갔다. 미처 예상하지 못했던 곳에 돌부리가 있었고, 나는 보기 좋게 걸려 넘어졌다.

퇴원 약을 처방 받았는데 문제가 좀 있었다. 나는 예전부터 세파 계열 항생제에 알러지가 있었는데, 주치의가 그 계열의 항생제를 처방했던 것이다. 의사는 주사로 투여했을 때는 이상이 없는데 약으로 복용하면 알러지 반응이 일어난다는 것이 이해가 되지 않는다며, 정 불안하면 병원에서 먹어보고 가라고 했다.

의사의 말도 일리가 있었다. 문제가 생길 수 있다면 처방을 하지 않았을 것이다. 너무 예민하게 반응한 것일 수도 있다. 아무 일도 없을지 모른다. 나는 아침밥을 먹고 약을 복용했다. 몇 분이나 지났을까. 갑자기 몸이 가렵기 시작했다. 그렇게 시작된 가려움은 급속도로 심해졌고 이내 참기 힘든 통증으로 바뀌었다. 몸이 점점 부어오르고, 숨쉬기가 어려워지면서 눈앞이 캄캄해졌다. 간호사가 뭐라고 소리쳤다. 사람들이 달려오는 소리가 들렸다. 어딘가로 다급하게 옮겨지고 있었다. 병원 스피커에서는 내 위치로 의사들을 호출하는 방송이 흘러나왔다.

의사들이 뭐라고 말을 걸었지만, 무슨 소리인지 알아들을 수가 없었다. 커다란 바늘이 팔에 꽂히는 게 어렴풋이 느껴졌다. 어딘가에서 계속 흐느끼는 소리가 들렸다. 보이지 않아도 알 수 있었다. 엄마였다. '엄마를 두고 이렇게 죽으면 안 되는데'라는 생각이 머리를 스쳤다. 그렇게 의식이 점점 흐려졌다.

# #
쇼크
상태

눈을 떴다. 나를 내려다보는 얼굴들이 뿌옇게 보였다. 훌쩍이는 소리가 나는 방향으로 고개를 돌렸다. 퉁퉁 부은 엄마의 얼굴이 흐릿하게 보이다가 이내 선명해졌다. 무표정한 얼굴을 하고 있던 동생이 나를 보고 멋쩍게 웃었다. 벌에 쏘인 듯 얼굴도 몸도 여전히 퉁퉁 부어 있음을 느낄 수 있었지만, 그래도 어느 정도 견딜 만했다.

숨쉬기는 여전히 힘들었다. 원래부터 몸을 움직일 수 없었던 것처럼 팔다리에 힘이 들어가지 않았다. 뭐라 말하고 싶었지만 목소리가 나오지 않았다. 최고 혈압 39 최저 혈압 20. 어르신들이 돌아가시기 직전의 혈압이었다.

약을 처방한 것은 담당 교수가 아닌 주치의였다. 주말이라 담당 교수가 출근을 하지 않았기 때문이었다. 내게 일어난 것은 아나필락시스anaphylaxis라고 했다. 일종의 쇼크 상태다. 주치의의 부주의하고 무책임한 처방에 화가 났지만, 나를 살린 담당 교수에게 피해가 갈까봐 항의할 수도 없었다.

주치의는 뻔뻔한 얼굴로 횡설수설했다. 그래도 병원에서 약을 먹어봐서 다행이라는 둥, 집에서 먹었으면 어쩔 뻔했냐는 둥, 잘못한 사람들이 으레 그렇듯 구차한 변명들을 늘어놓았다. 그러니까 애초에 처방을 잘했으면 되는 거 아니냐며 따지고 싶었지만 그러지 못했다. 죄송하다는 한마디면 마음이 좀 풀어졌을 텐데 의사는 끝내 입을 다물었다.

위기는 넘겼고 더 이상 병원에 남아 있을 이유는 없었다. 빨리 약을 처방 받아서 집에 가고 싶은 마음뿐이었다. 쇼크를 한번 겪고 나니, 또 다시 항생제를 먹어야 한다는 것이 두려웠지만 직접 먹어보는 수밖에 방법이 없었다.

어떤 항생제에 알레르기 반응을 일으키지 않았는지, 과거 투약 내용을 일일이 검토했다. 그리고 항생제를 처방 받았다. 그렇게 눈앞에 주어진 약들을 몇 번에 걸쳐 나누어 삼켰다. 10분, 20분, 30분. 아무런 부작용도 나타나지 않았다.

처방된 약을 받아 들고 집으로 향했다. 생각만큼 순탄한 여정은 아니었지만, 다시 집으로 갈 수 있다는 것이 감사할 따름이었다. 다시 일상으로 돌아온 나는 한동안 벌에 쏘인 듯 부은 얼굴로 생활했다. 가족들은 내 얼굴을 보고 웃었고, 그럴 때면 나는 거울을 들여다보았다. 퉁퉁 부은 얼굴로 웃고 있는 내 모습이 어쩐지 싫지 않았다.

다시, 보통날

우여곡절이 많았지만 어쨌든 다시 집으로 돌아왔다. 벌에 쏘인 듯 부은 얼굴은 한동안 지속됐지만, 건강 상태는 금방 좋아졌다. 평온한 날들이 계속됐다. 내 방 침대에서 늦은 아침을 맞이하고, 가족들과 함께 식탁에 둘러앉아 밥을 먹고 소파에 기대앉아 TV도 보고 수다도 떨며, 소소한 생활을 이어나갔다. 많은 일이 있었지만, 여전히 많은 것이 그대로였다. 학교도 다시 다니게 됐다. 집을 떠나 혼자 생활하는 것이 걱정되기도 했지만, 언제까지 집에 기대고 있을 수는 없는 것이었다. 재활을 위해 수영장과 헬스장도 등록했다. 수영은 일곱 시부터 여덟 시까지, 헬스는 여덟 시부터 아홉 시까지 했다. 운동을 마치면 수업을 들으러 갔다. 그렇게 비슷한 하루가 반복됐다. 여전히 무얼 하고 싶은지, 왜 이렇게 학교를 다녀야 하는지는 알지 못했지만, 아무 일 없이 흘러가는 시간이 감사할 따름이었다.

너무 복잡하게 생각할 필요는 없었다. 깊게 생각할 필요도 없었다. 그냥 내게 주어진, 있는 그대로의 하루를 살면 되는 것이었다. 대단한 일이 일어나지 않아도 좋으니, 훌륭한 사람이 되지 못해도 좋으니, 그저 평범한 일상을 마음껏 누리는 것이 내가 해야 할 일이었다. 그렇게 몇 년이 흘렀고, 졸업을 했다. 작은 회사이긴 하지만 남들 다 하는 취업도 했다. 넉넉하지 못한 형편이지만 가끔 부모님 용돈도 드리고, 맛있는 음식도 사드릴 수 있게 됐다.

남들처럼 평범하게 살고 싶지 않았는데, 감사하게도 남들처럼 평범하게 살고 있다. 그토록 지긋지긋하게 느껴졌던 평범함이, 어쩌면 죄악으로까지 생각될 만큼 가까이하고 싶지 않던 평범함이, 이제는 삶이 되었고 소망이 되었다.

무얼 할까, 무얼 먹을까, 무얼 입을까.
별로 대단치도 않은 생각을 하며 하루를 보낸다.

어제 같은 오늘, 오늘 같을 내일.
크게 다르지 않은 하루하루의 반복.

그토록 내가 바라고 원하던, 다시 보통날이다.

엄마의 마음

네가 사고를 당한 그날은 그냥 평범한 날이었다. 평소처럼 한가로이 시간을 보내고 있었는데, 갑자기 걸려온 전화에 고속도로를 내달렸던 기억이 난다. 이상하게 들리겠지만 왠지 불안하지 않았던 것 같다. 막연히 네가 살아 있을 거라고 생각했던 거겠지. 하지만 배가 부풀어 산소호흡기에 온갖 기계와 호스를 달고 있는 너를 보고, 그저 살아 있음에 감사해야 했다. 우린 우리 슬픔의 크기를 가늠하지도 못한 채 그저 서 있었다.

앉아서 기다릴 곳도 변변찮은 병원에서 밤을 지새우는데, 그날의 풍경이 내겐 너무 낯설게 느껴졌다. 건강하게 집을 나섰던 네가 이런 모습으로 돌아올 줄이야. 뉴스에서나 나오는, 남의 일이라고 생각했던 일이 내게 일어난 것이다.

출혈이 멈추지 않으면 이삼일이 고비라는 의사의 말을 나는 눈물도 닦지 못한 채 가만히 듣고만 있었다. 무너지는 심정으로 네 얼굴을 보며 기도하는 것 말고는 아무것도 할 수 없었다. 네가 있는 중환자실은 모두에게 죽음의 그림자가 덮여 있는 것 같았다.

처음 네가 내게 했던 말을 기억한다. 정확히 말하자면 손으로 쓴 것이지만, '집에 가서 자'라고 너는 간신히 손가락을 움직여 말했다. 우리가 집에도 못 가고 너의 곁에 있는 게 걱정되었던 모양이지. 그리고 며칠이 지나 네 목소리를 처음 들을 수 있었다.

"보고 싶었어요."

정말이지 눈물이 왈칵 쏟아지는 것을 힘겹게 참았다.
네가 얼마나 두렵고 힘들었을까 생각하면서도, 차츰
희망이 보이는 것 같았다. 매일 간절한 마음으로 빌고
또 빌었다. 네가 우리 곁에 살아만 있어 달라는 것이
었는데, 내게 가장 간절한 것이었다.

이 간절함은 나만의 것이 아니었다. 평소 무뚝뚝한 네
아빠도 중환자실을 바라보며 네가 아니라 자신을 데
려가 달라 기도했다고 한다. 표현이 서툰 그가 기도를
할 만큼, 네가 그렇게 간절했다.

감사하게도 너는 쉽지 않은 치료 과정과 재활을 견뎌
주었고, 다시 우리에게 돌아와주었다. 육체적, 정신적,
감정적으로 고통스러웠던 시간을 뒤로하고 자기관리
를 하며 애쓰는 너를 생각하면 안쓰럽고 고마울 뿐이

다. 일상의 불평이 쌓일 때, 가끔 그날의 시간들이 떠 오르면서 다시금 내 마음이 감사로 차오른다.

나는 네가 어려운 시간들을 먼저 이겨낸 사람으로서 같은 고통을 겪으며 힘든 싸움을 하는 누군가에게 희망이 되어주었으면 한다. 언제나 너보다 약한 자를 배려할 줄 아는 따뜻한 마음을 가지고, 자신의 일에도 게으르지 않으면서 차근차근 멋진 인생을 살아가는 그런 사람이길 바란다. 그 무엇보다도 네가 우리에게 다시 돌아올 수 있어 다행이다.

다시,
보통
날